H醫生一千零一夜——致一切動人的掙扎

THE FIRST DISSECTIONS

/

life of a newborn surgeon

H醫生 著

目錄

序

期望讀者可藉此了解醫療工作／黎青龍教授　推薦序

在H醫生仍是醫學生時，我已經認識他。

正如大家從這本著作中所見，H醫生即使在畢業後，仍然是非常勤奮，並專注於外科領域。在這本書中提及到他所接觸的部份病人，這些個案往往帶有悲劇性。

我希望讀者能理解，無論是外科還是內科醫生，在工作中所承受的壓力與強度都是非常大的。醫生之間需要團隊合作，才能作出良好的決策，達致理想的治療效果——值得欣慰的是，這一點在他的書中亦有所展現。他亦在書中提到另一項醫生重要的工作，就是與病人家屬聯繫，他並就此提供了詳盡的解釋與說明。

衷心希望，這本書能讓讀者更清楚地了解醫療工作的真實面貌。

黎青龍教授
香港大學李嘉誠醫學院內科學系榮休教授

醫生不是AI，也是有血有肉的人／范寧醫生　推薦序

「行醫，就是一程掙扎之旅」。字字鏗鏘有力！

醫生是有力的，但要明白自己力之所逮，不明白的話便會感到局限及無力。本書作者H醫生資歷尚淺，但是在感受不同人及病患者的生命力，和「心、靈、社、身」上，卻有超乎很多資歷頗深的醫生的能力。

在我看來，H醫生並沒有將病人定義為病理上的處理對象，而會以全人的角度去反思及探索，是香港醫療體系的福氣。他同時也在探索醫療、醫生和死亡的關係；醫生在生命之神前（即也在死亡大神前）和普羅百姓一樣，都是渺小的，醫生應該保持謙卑，並不斷反思自身的角色。

香港自開埠來（也在開埠之前），在這貧乏的地方中努力掙扎，爭取生命發展之最大空間。根據世衛所講，健康狀態就是 Fully Developed One's Life Potential……

我在加沙、在南蘇丹邊境、在馬尼拉貧民窟看見的，是一種同行式的掙扎，受助者和我也在思考掙扎著，人世間的真正意義是甚麼？

雖然我可能已為超過幾萬人動手術，或做內視鏡，以香港飛行服務隊飛行醫生的角色去拯救市民，又透過非牟利機構「醫護行者」，發展基層醫療，成就社區客廳和社區藥房的發展，也以「毋忘愛」開拓各種臨終服務……但直至今天，我還未破解到生命之謎。

但有一點是肯定的，老病死生和醫生的工作十指緊扣，而這本書可讓你重拾對醫生，作為一個個體的感受：他／她不再是遙不可及、冰冷、完美的救助者，又或是扮有人性的AI，而是有肉、有血、有淚、有靈魂的人。

范寧醫生

非牟利機構「醫護行者」、「毋忘愛」創辦人

無國界醫生（香港辦事處）前主席

致一切動人的掙扎／作者　自序

這是一本關於掙扎的書。

或者說，行醫本身，就是一程掙扎之旅。

病人於危疾與痛苦之中的掙扎、醫生於局限與無力之中的掙扎。

剛巧地，今日香港，就是一座掙扎之城。

港人於頹喪與離散之中的掙扎、城市於侵蝕與消逝之中的掙扎。

出海遠征之前，我們總祈求風平與浪靜，但其實永遠無雨的天、永遠無浪的海，斷不是舵手存在的意義。在生命的種種追求之中，我們從未渴望波譎雲詭，但既然風起了，我們始終要相信自己可以乘風，而和你一起，我們將可以破浪。雙手緊握著濕透的船舵，雙眼望著遠方朦朧的那束光，這或是我們所能仗賴的所有，但我們從不敢說不夠。這一份掙扎之所以動人，因為它印證了風雨背後的彼岸，有著我們甘願為之傾注所有的美好夙願。

原來，生而為人，我們都需要在每一道掙扎之中，尋回真實活過的證明。

謹以此書，致一切動人的掙扎。

聲明：為保障病人私隱，本書中所有故事，已就病人個人資料及情況稍作適當改動，而故事中所有名字均為化名（除另有註明以外）。

第0年——實習醫生

二零二一年七月一日

首先歡迎大家陪我走進《H醫生一千零一夜》的世界，和我一同重新經歷一遍一個初出茅廬的醫生，行醫生涯頭三年的時光。

先自我介紹一下，我是一個「揸刀搵食」，做手術的醫生。我於四年前從香港大學醫學院畢業，在一年實習醫生生涯後，便投身外科專科訓練，首先要完成兩年的初級外科訓練（Basic Surgical Training）。在初級外科訓練中，我們輪替外科之中幾個不同專科，跟不同師傅磨練武功。

這兩年間，我去過普通外科、骨科、心胸肺外科、腦外科，遇過不同的病人故事。這些故事一直重新建構我對生命、死亡、疾病的想像，以至我對香港這個城市的理解。各種感悟堆積在我一身白袍上，砌下落梅如雪亂，拂了一身還滿。就趁我還未麻木前，讓我用一本書記錄下他們給我的一切。書中十三個故事，為了保障病人私隱，他們的個人資料作了適量改動，但每一個故事給我的感悟都是建基於我和他們真實的邂逅，真實的成長與掙扎。

現在，我快將完成第四年的行醫生涯。此時的我有好幾個不同身份，在醫管局眼中，是公立醫院駐院醫生；在香港外科醫學院眼中，是高級外科受訓生；在英國愛丁堡皇家外科醫學院眼中，是MRCSEd。但在我自己眼中，我不過是一個香港醫生，一個尋常香港人。我的故事，是杏林故事，是香港故事，也是一個人的故事。

白袍禮——大動脈瘤破裂

RUPTURED AORTIC ANEURYSM

醫學院第一個早上

相傳從古希臘時代開始，行醫者就要以《希波克拉底誓詞》宣誓，呼召阿波羅、阿斯克勒庇俄斯、許癸厄亞、帕那刻亞等天地諸神為證，虔誠「奉身於醫業」。來到現代，於我們一眾醫科生踏進沙宣道醫學院大門[1]的第一個早上，已經不用再勞煩阿波羅來作見證，但同樣需要宣誓，誦讀的是《日內瓦宣言》：「身為醫學專業的一員：我鄭重地宣誓，將奉獻我的一生為人類服務……我將不運用我的醫學知識去違反人權與公民自由，即便受到威脅；我鄭重地、自主地、並以我的榮譽來做出以上承諾。」

"AS A MEMBER OF THE MEDICAL PROFESSION:

I SOLEMNLY PLEDGE to dedicate my life to the service of humanity;

……

I WILL NOT USE my medical knowledge to violate human rights and civil liberties, even under threat;

I MAKE THESE PROMISES solemnly, freely, and upon my honour."

近年香港兩間醫學院都將這一儀式辦得隆重而盛大，冠以「白袍典禮／White Coat Ceremony」美名。回想十年前我入學之時，此一儀式卻相當簡單，當時甚至沒有「White Coat Ceremony」之名，不過就是九月一日早上八時半，於平日上課的演講廳之中，請大家一同起立，從袋中拿出白袍自行穿上，誦讀誓詞，院長致辭數句，然後坐下。半小時程序過後，大家就摺起白袍放回袋中，隨即在同一演講廳同一座位上，開始連續三節講課。

1 瑪麗醫院旁的沙宣道，從 1964 年起，就是香港大學醫學院的主要教學場地，藏在西半山中，像是「少林寺」般孕育出無數醫生。對我們來說，「沙宣」就是醫學院的同義詞。這路又長又斜，夏天時從醫學院大樓走上巴士站，每每汗流浹背，叫人憎恨這條沙宣道。

我永遠記得這三課過後，一班同學互相請教剛才授課的內容。事實上，大家都並不期望鄰座的同學真的能將各樣複雜內容解釋清楚，反而是嘗試從彼此的迷惘之中尋求安慰：「喂，你明唔明佢個咩 Histone 點樣轉轉轉呀？」「PK，我都完全唔明呀……」。

我們一群於公開試中成績斐然、滿手星星的「尖子」，頓然發現我們原來亦有於課堂中迷茫懊惱、跟不上教授、聽不明授課內容的一日。我們一同於踏入醫學院大門的第一日，第一次感受震撼教育。

或許這才是我們真正的入學洗禮，讓我們於人體宏大奧妙面前，首先學會謙卑。

幾年過後回想，「白袍禮」有或無、簡單或隆重，其實亦無甚重要性。畢竟對於當日一臉懵懂的我們，誓詞不過是一堆文字，當中重量於我們而言，興許只停留於紙上。「病人自主」、「生命的最高尊重」、「良心與尊嚴」、「榮譽和高尚傳統」、「人權與公民自由」這些詞藻如此虛無縹緲，又如何要求一個個十七八歲少年少女理解。

詞藻被拋到我們耳邊，落到心中，只是散落一地的紅磚，仍未建構出甚麼理念或宏願。宣誓或白袍亦同樣，不過一粒種子，靜待日後灌溉過後方能發芽。

一個完整的白袍禮，終究要等到少年少女第一次親手將「人類生命」迎送過後，才算得上禮成。而我第一個想與你分享的故事，就是屬於我的這個白袍禮。

幾點血跡的重量

這是我成為實習醫生的第二個星期。

某日早上，經過整夜無眠通宵工作，Post-call 的我虛弱得如個病人，於是穿上平日甚少穿上的白袍保暖，雙手抱著自己走入病房，迎接第二十四至三十六個小時的工作。[2]那時的我不會知道，我的白袍禮正於不遠處靜候著我。

上午十一時，護士匆匆走來：「K醫生想叫你過去幫手，而家即刻打個豆呀！」

「呢個係今日 second case，準備晏晝做手術嘅主動脈瘤病人。佢話啱啱突然心口痛背脊痛，你過嚟幫我打定粒大豆先。」我還未走到床邊，K醫生已經如此馬上吩咐著我。

這位病人是黃伯，今年六十三歲。昨夜入院收症時我才與他傾談數句，為他做過簡單檢查，準備今日的手術。昨夜，黃伯的兒子坐於床邊，彷彿比他更為緊張。兒子叫黃伯「放心唔使驚」，黃伯卻輕笑兩聲反問：「有咩好驚啫！瞓一覺就做完咗佢，以後咪少一樣嘢煩囉。係你媽咪成日驚啫！」

黃伯身體內有個直徑超過六厘米的主動脈瘤，猶如一個計時炸彈，隨時爆裂或撕裂都可以即時喪命。但日常生活中，動脈瘤都不影響他各樣器官功能。因此黃伯平日仍然健步如飛。

「我每個星期都去中山公園泳池游水㗎！」昨夜的黃伯帶著一臉自豪與我分享道。

然而，現在我眼前的他，明顯已非昨夜那個泰然自若的他。皺著眉、喘著氣，他再

2 關於On-call（當值／值班），每個部門的制度都略有差異，但一般大約如下：當醫生們完成「朝八晚六」的一般日間工作後，大部份醫生放工後，就剩下On-call的那一兩位醫生留在醫院，負責在晚間照顧所有病人和工作。On-call夜裏是通宵工作，還是能小睡兩三小時，那就視乎運氣。On-call到翌日後，醫生也要緊接開始翌日日間的一般職務，就是「Post-call（當值後）醫生」。如是者，醫生工時可長達三十小時以上，也是「On-call三十六小時」一說的由來。

也沒有氣力與我攀談，只能夠於沉默中稍微點頭回應我，讓我為他「打豆」（置入靜脈導管）。

正當我將鹽水豆經刺針滑落血管之時，黃伯有如被旱雷劈中一般從床上彈起。

我抬起頭一望，一道血紅瀑布從他口中傾瀉而出。

尚記得讀書時候，醫生教我們問診時，要好好估算病人吐血的份量，是一小杯的份量一百毫升，還是一碗的份量五百毫升。這次是我離開醫學院後，第一次在醫院實戰中親眼看見病人在我面前吐血。我卻發現估計份量，已經不再重要。這一道血紅瀑布，散落床邊，可能是一公升、也可能是兩公升，但無論如何，黃伯都已經頓然失去知覺。

我還在嘗試理解眼前發生的事時，K醫生已經馬上檢查過黃伯的頸動脈，證實黃伯已經沒有脈搏。我還在驚訝之時，護士已經跪在床上，雙手交疊，全力壓在黃伯的胸骨上。這是我第一次親歷心外壓搶救。

幸好這時有K醫生在。他純熟指揮著一切步驟，抽藥打藥、計時紀錄、分析心電圖、泵氧氣、輸血或靜脈注射、考慮插喉或電擊，如此種種。經驗最淺的我接手相對簡單的工作——落手進行心外壓，即是所謂「搓人」。我想著書本所講的五厘米按壓深度，用盡全身力氣壓在黃伯的雞心骨上。但書本沒有提及過，原來當病人吐血時，我每一下心外壓後，都有多一口的鮮血從嘴角流出。我們卻別無他選，縱使經過二千年的醫學發展，這一刻，面對這位心跳停頓的病人，我們亦只能如此壓下去。

「ROSC 咗！」[3] 二十分鐘的心外壓後，K醫生宣布黃伯重新回復心跳。

剛剛趕到的教授級醫生馬上一聲令下，要立即將黃伯推入手術室。我們一邊為黃伯灌注強心藥，一邊將病床推出。甫出病格外，在病房的走廊上，我望住屏幕上的心

3 ROSC：Return of spontaneous circulation（自主循環再現），當病人回復心跳，便算是搶救初步成功，可以先停止心外壓，重新審視病人情況和治療需要。

跳數字，由五十，變成四十，再變成三十。我們每走一步，黃伯的心跳又再疲弱一點。我們還未走得出這個病房，心電圖已經再次歸於一條橫線，黃伯的心臟又再次投降。

「係咪要再搓呀？」我問。

「唔使啦。Too far gone。」主管醫生作出最後決定。

黃伯的兒子和家人們此時剛好趕至病房。他們先站在走廊的另一端，遠望著我們這邊混亂的景況。K醫生正嘗試向他們解釋這一切的突發。他們沒有慟哭，卻是寂靜得可怕。這是一片狂風暴雨後的死寂。我想，他們大概和心驚膽顫的我一樣，一時間都無法理解眼前的一切。

我們都以為，只是過了今天下午，完成了主動脈手術，就可以將黃伯身上的計時炸彈拆除，黃伯和太太和兒子就無需要再擔驚受怕，可以一如往常到上環游水、再一家大細去飲茶。現在卻只見一地斑駁的血跡。

手術等了幾個月，安排在今天的下午，計時炸彈的倒數卻偏在中午歸零。

我們就是遲了半日，就是救不回他。

這是半日的距離，也是生死的距離。

對不起。

我想著黃伯昨日的一臉從容自信，然後拿起電筒和聽筒，走進圍起的床簾之中。病人服務助理剛好拾起床邊地上最後一大片凝結的大血塊，像豬紅一樣，完成了基本的清潔。我將會永遠記得黃伯，這是他唯一的死亡，也將是我永遠的第一次，我照亮他放大的瞳孔，完成所有必經的檢查，證實他已離去，然後在排版寫上死亡日期和時間。

我回到實習醫生辦公室，將染上幾滴血跡的白袍丟進污衣籃。我想起六年前開學禮將白袍收入袋那刻的我。那時的白袍很輕，今日的白袍很重，中間是不是只差了那幾點血跡？我帶著這個疑問從櫃中拿出新一件潔白的袍穿上。

「各位同學，禮成。」

金色聽筒

六年前的儀式上，院長教授的勉言，我早已忘記得一乾二淨。我只記得，當時二百位同學，大家帶著雄心壯志面對眼前的習醫之路。雖然大家都還未掌握到蛋白質的微觀結構，但畢竟大家都是考進「神科」的「尖子」，總有一份迎難而上的傲氣。

下課後，我們就熟練地張羅師兄師姐的筆記，又在圖書館翻查汪洋般的書庫，又偷偷上 UpToDate[4] 搶先學習三年後才會教的臨床知識、又組成不同 study group 共同進退。我們又在不久後，認識到醫學院內的明星—考試中獲得 Distinction 的「丁友」、「大丁友」。他們有時會分享自行編撰的學習筆記，甚至私人開班教導我們這些師弟妹，薄扶林沙宣道上無人不曉。我們又聽聞金色聽筒的神話—傳說中，全級第一名畢業的準醫生，會獲贈金色聽診器，行醫生涯掛在頸上，就是一生的榮耀。

當年的我們，如此熱血而天真地相信只要好好讀書，即使掛不上金聽筒，或許都可以成為丁友，成為獨當一面的醫生。我們可以如美劇中的 House MD 或 TVB 劇集中的「一件頭」，拯救一個個病人。然後在接下來六年教學之中，我們都不停被灌輸，做錯甚麼會害到病人，做對甚麼會幫到病人。考試再難，只要我們依書本所教作答就可以拿到滿分，是一種「一加一必然等於二」的理所當然。

這刻的我，面對黃伯的死亡，我在反思我們做錯了些甚麼，答錯了些甚麼？由診斷

4 UpToDate：最受醫學生歡迎的網上醫學知識庫，堪稱醫學界的維基百科。大部份人之所以能成功畢業，UpToDate 也應記一功。

病人患有大動脈瘤，到安排排期做手術，一切都有根有據。的確，從診斷到入院做手術之間，我們讓他和家人苦候了好幾個月，但在等候手術的隊上，滿滿是和他一樣有重大病情的病人。這也不是誰人的錯。然後來到今日，他動脈瘤爆裂失去心跳，我們亦一樣緊遵指引，做好搶救每一個步驟。他還是在我們眼前失救而死。我們到底做錯了哪一步？

如果我們答了所有正確答案，為何拿不到應有的分數？如果我們臨床診斷和治理安排一切無誤，為何仍然拯救不了生命？為何我們已經將一與一相加，最終卻得到零？

這種無能為力，彷彿推翻我過去十數年作為學生所學的「努力就可換來回報」。我在腦海中反覆詰問，如此的世界，對想救病人的醫生，對想和黃伯繼續好好過活的家人、對想生存的病人，是否太不公平，而作為醫生我們就只能接受這份不公平？

這一切疑問在這場白袍禮中湧現，卻無院長教授為我解答。我會記得黃伯的家人，和他們在驚愕過後慢慢溢出的淚水。為此，我會帶著這些問題，走在我行醫路上，以日月年的際遇去覓尋答案。

an eagle's eye,

a lady's hand,

and

a lion's heart.

第1年——普通外科

二零二二年七月一日

一年的實習轉眼過去。在這一年中，工作性質其實沒有想像中的困難。畢竟實習的本質就是讓我們學習，而絕大部份前輩都會強調「最緊要唔識就問」；只要知所進退、虛心受教、勤勤力力、不會在凌晨三時因為貪睡而不去看病人，前輩對我們都不會太過嚴苛。Houseman（實習醫生）真正的困難不在工作複雜，而在於龐大的工作量。可能一個病房四十個病人都要一個實習醫生去打豆、抽血、打文件、作初步檢查。因此，Houseman只要安全可靠，做事快手有效率，可能比起聰明博學更為重要。而這一年間，除了黃伯的故事外，我繼續每日親眼見證公立醫院的繁忙與不合理的等候時間。我因而更加相信，我們作為香港醫生，就是要好打得，就是要在百忙之中，仍然可以以超人的效率將「荷蘭蕃茄變出叉雞飯」。

在這一年，我決定投身外科。

我那時候想像中的外科醫生是怎樣一回事？我記著外科教授傳授我們的一句話：

"an eagle's eye, a lady's hand, and a lion's heart"

目光銳利如鷹，看得見最幼細的血管；雙手細緻如淑女，最脆弱的神經也被我們好好保護；內心卻勇猛如獅，眼前縱然血流成河，仍然能冷靜無懼迎難而上。這話也許過份矯揉造作，但我相信每個第一日踏進這師門的外科醫生多少也有這樣的浪漫幻想。

當記者的朋友告訴我，他們也有類似的說法：「鐵腳，馬眼，神仙肚」。我想，我們當外科醫生的，站著做手術十二小時，何嘗不是鐵腳神仙肚呢？除了很打得，我們也要很捱得。

我想，我要做這樣一個外科醫生，帶著「鷹眼獅心淑女手」，或者同時有著「鐵腳神仙肚」，在忙得發瘋、帶點病態的香港公立醫院中，用最快的雙手幫最多的病人。

兩個煎魚的人——食道癌

ESOPHAGEAL CANCER

吃得到的尊嚴

這三個月，我來到上消化道外科。

上消化道外科之中，有一個「打大佬級」的手術，令我們一眾初級醫生聞風喪膽，是為食道切除術（Esophagectomy）。雖然驟眼看，食道似是一條平凡不過的肌肉管道，但畢竟「食道像路軌一樣長」，從頸部到胸腔再到腹腔，如果要完全切除食道，很多時候需要「頸胸腹手術三部曲」連續放映，從早到晚十幾小時的手術，非常考驗醫生的體力、專注與意志。

而比起醫生面對更大挑戰的，永遠是要捱這幾刀的病人。縱然手術技術經過多年發展進步，但來到今日，食道切除仍然相當高風險。即使是「胸腔鏡／腹腔鏡微創手術」，仍有 29.3%-33.7% 病人會有嚴重併發症，例如乳糜胸、吻合口滲漏等，需要重新開刀、重新插喉駁呼吸機等等。[5]

儘管如此，從五十年代王源美教授首次於香港進行食道手術開始，七十年來，一代又一代外科醫生仍然薪火相傳，繼續肩負這個沉重責任。[6] 食道切除手術，除了是為著一個戰勝癌魔活下去的可能性，更加是為病人可以過有尊嚴的人生，皆因不少食道癌病人無法吞嚥，只能依賴鼻胃喉灌奶餵食、或者靜脈營養液灌注「吊命」。切除腫瘤重建食道，給予癌症病人一個機會可以進食，可以重新體驗人生最基本的美好。

王源美教授於 1981 年的論文寫：「考慮到無法吞嚥對病人造成的折磨，我們必須重新思考。對於無法痊癒的（食道癌）病人，治療目標應該致力讓他們可以有機會進食正常食物，同時免於吞嚥困難的恐懼。」[7]

---

5 Raymond, D.P., et al., *Predictors of Major Morbidity or Mortality After Resection for Esophageal Cancer: A Society of Thoracic Surgeons General Thoracic Surgery Database Risk Adjustment Model*. Ann Thorac Surg, 2016. **102**(1): p. 207-14.

6 Wong, J. and S. Law, *Surgery for cancer of the oesophagus: The GB Ong legacy*. Annals of The College of Surgeons Hong Kong, 2003. **7**.

7 Ong, G.B., *Progress in the treatment of carcinoma of the esophagus—Introduction*. World Journal of Surgery, 1981. **5**(4): p. 487-488.

王源美教授的高徒，黃健靈教授則於2003年再強調：「飢餓的感覺、唾液亦無法吞下的無力感，如一劍插進病人心內，令病人感到終結迫近。任何可以緩解吞嚥困難的治療已可為病人帶來莫大裨益。」[8]

這是一個為著人的尊嚴而戰的百年追求，一個美好而虔誠的夙願。

只不過不是每個病人都如此幸運。

煎魚的承諾

這位病人名叫陳生，五十八歲這年，他漸漸察覺進食時，食物總似是卡在喉嚨中間。因工事忙，遲遲未有求醫，到大半年前經急症室入院之時，癌魔已經雙手緊箍食道，令他只能吞下湯水或粥。及後數月，他透過從鼻哥窿伸進胃部的喉管餵營養奶，捱過術前化療，然後再與我們一同捱過十三小時的手術，卻只是漫長抗戰的開端。

手術後某個下午，顧問醫生與我一同巡房時，望著床邊的胸腔引流一言不發。

「佢係咪『漏奶』呀……」我望著一袋的奶白色如此問。

「快啲 Fast（禁食）咗佢先啦。」顧問醫生深鎖的眉頭大約證實了我的擔憂。

因為乳糜胸（Chylothorax）這併發症，陳生接下來的日子，甚至不能經胃喉餵奶，只能經靜脈導管注射營養液。然後我每日七時巡房，就是和陳生一起查看過去一日胸腔液的流量，如股市的賭徒般，隨著無法估計的數字浮動而欣喜或失望。

---

8 Wong, J. and S. Law, *Esophageal Cancer: What Price Swallowing?* Journal of the American College of Surgeons, 2003. **196**: p. 347-53.

「H醫生，琴日好似冇出咁多啦喎！」「係少啲啦！出得三百四！」

「H醫生早晨呀！」「早晨呀，幾精神喎今日！不過琴日條喉又出多返啲，四百幾咁，我哋再等下啦。」

三星期的等待過後，情況未改善，我們決定為他進行胸膜黏連，注射藥水至胸腔引起發炎，令肺與胸腔內壁黏緊，嘗試減少胸腔液流量。

「嗱陳生，坦白講唔呃你，其實都幾痛㗎，因為啲藥水就係要刺激佢發炎、發炎就會痛。不過唔緊要，你出聲我哋俾多啲止痛藥你，辛苦你啦。」

然後我一邊進行胸膜黏連一邊教導旁邊的實習醫生：「嗱咁樣將 Minocycline 同 Saline 同 LA（局部麻醉藥）撈埋佢，其實好似煮嘢食咁，跟住食譜落曬去就得」，「打完落去之後，就係『煎魚』嘅環節，每十五分鐘叫個病人轉一次身，反嚟反去煎魚咁，等啲藥水流曬 pleural space（胸膜腔）每個角落就得。」

此時，正在砧板上等待被移到鐵鍋上煎的魚，竟然開口搭嘴：「煎魚邊有咁簡單呀！你想學嘅話我遲啲教你煎呀，H醫生！」

兩星期後，情況稍為改善但仍未如理想，陳生依然不能進食任何食物，我們第二次為他進行黏連。當我慢慢依食譜調配藥水時，望著餓了一整個月的陳生，我忍不住問：「等咗咁耐，又要捱痛，仲要咁耐一啲嘢都冇得食。其實有冇好辛苦呀？」

「冇嘢食都事小呀，我想快啲出院就真！我想出院煎魚就真！」

「你知唔知呀，我啲熟客仔都 WhatsApp 我話好掛住我啲餸呀！」

「喙，H醫生，等我好返出院之後，你嚟我間鋪，我請你食唔使錢！」陳生如此許諾。

然後我才知道，陳生之所以忙得連睇醫生的時間也沒有，是因為他主理一間離島的海鮮餐廳，店面雖小，卻口碑一流，客人駱驛不絕。我讀著《飲食男女》的訪問，「陳記」（化名）其中一道著名小菜，正正是煎魚。

「我老公真係好鐘意煮嘢食俾人㗎，佢自己冇得食都冇怨過半句，淨係成日話想揸返鑊鏟。都傻傻地㗎。」

結果，整整兩個月的禁食，三次赤痛的黏連過後，陳生終於可以吃著流質食物出院。

在茶餐廳門前

一年之後，某個年假，我獨自到離島享受難得的假期。

在落船的一刻，望著岸邊的舢舨漁船，聞著漁獲的海水鮮味伴隨鹹香飄過，我方才想起，這個小島上有一個我的老朋友。我翻閱一年前與同事的 WhatsApp message，找到「陳記茶餐廳」的地址。我想知道，陳生捱過有苦無言訴、無味可入口的日子後，今日的他是否安好，此刻是否仍然炒出一碟碟避風塘辣蟹、椒鹽鮮魷，讓每個過路旅客得以感受人生滋味。這一份盼望引領我來到茶餐廳。

卻摸了一個門釘。

門上沒有告示告訴我茶餐廳的營業日子或時間。望著眼前緊閉的鐵閘，望著OpenRice錯誤的「營業中」標示，我的失望不因吃不到鑊氣小炒，而是我不知，陳生是回到了D4病房再苦戰，還是早已帶著胡椒蝦煲到天國去。

「唔使睇啦！無得食㗎啦！」路過的伯伯見我呆站於鐵閘前，如此告訴我。

「而家佢逢星期一都休息㗎，下次再嚟啦！」

「前面嗰邊啦，嗰間啲海鮮都好食㗎！」

「哦！係呀？唔該你。」

我按進 OpenRice「食評」一頁，見到三星期前最新網友評價「每一啖都好滿足」、兩個月前另一食評「鮑魚好有驚喜」、「老闆娘好熱情好客」，我的心才終於放下來。或者，逢星期一的休息，給予苦戰過後的陳生陳太一個喘息空間，讓他們得而繼續撐起這家「平靚正小店」。我望著網上一張張小菜相，看過亦彷似已經吃了進肚一樣滿足。我在茶餐廳門外亦拍下一張相，然後安心離去，心中知道縱使我今日吃不到黃金煎魚，亦有其他朋友可以享用，就好。

為煎魚而生

當陳生臥病在床，長時間依賴鼻胃喉進食時，他內心想著的仍然是何時可以再炒出好餸，無懼自己可能已不能再用口進食任何食物，都衷心想要給每一位朋友再有大快朵頤的機會。或者，每個人於世上都有一件想做好的事，而這一份使命與嚮往，可以帶我們堅毅穿越自身肉體的困苦。陳生這份使命閃閃發光，它微小但偉大，在小店炒蟹的人沒有多少個可以名留青史，大多成不了所謂社會賢達，但可以將幸福快樂傳遞給他人，一樣浪漫而偉大。

幾年前的 2019，彌敦道上有一個大型廣告牌，簡單鮮明的黑底白字，只提出一個問題：

What does your revolution look like?

你的生命變革是怎樣的一段故事？

如果，一個廚師，就算自己不能再吃，都會想炒出美食給你；

如果，一個醫生，就算自己吃不到病人炒出的美食，都想用雙手讓病人重拾健康，再有機會活出他的生命變革；

如果，一個作者，就算自己仍然每日與沮喪氣餒周旋，都想所寫的每篇故事每本書，可以帶給你一份感動和鼓勵；

那麼，你的生命變革，又會是怎樣一段故事？

EVOLUTION LOOK LIKE?
是怎樣的一段故事?

WHAT DOES YOUR RE

你的生命變革

燕子想在最後歸巢——結腸癌

COLON CANCER

綠色的尿、白色的雞

這三個月，我來到了結腸與直腸外科。病房之中，有許多腸癌的病人。年近九十的羅伯是其中之一，也是我們的「老客仔」。這幾年來，羅伯捱過好幾次手術，但病情最終還是不受控制，癌細胞擴散到身體各處。我們於是達成共識，停止不必要的入侵性治療，未來將以紓緩為主。一個月前，羅伯因為腸阻塞而入住外科病房。經過一個月的治理，總算可以經鼻喉管灌注流質營養奶。

這個早上的巡房中，羅伯的排牌上貼了一張 memo 紙，護士寫著「Temp 38.4」告知我他又再發燒，縱使我們幾日前再才為他加了抗生素。

我到床邊摸肚，上腹依然是半漲的一個氣球，下腹依然是硬實的一舊石頭。這個滿腹癌細胞的肚固然不健康，但卻也沒有一碰即痛的腹膜炎跡象。「或者是癌症本身就會引致的 Tumour fever 吧」，但當我站起來時，眼角卻剛好睄到床尾的尿袋。

他的尿袋中從來不是正常的淡黃色，大多時是茶色的，代表著癌症轉移到肝臟引致的膽管阻塞。今天，卻變成墨綠色，而且比往日要混濁許多。親愛的讀者，請原諒我，將要寫出這個略為嘔心反胃的情況，但這卻是羅伯切實的病況，透過半袋的小便，在我眼前表露無遺再明顯不過——他大腸癌症恐怕又再大肆侵略，這次攻進膀胱，於是糞物從大腸一直流進泌尿系統，流進尿袋，引致急性尿道炎，解釋了他的高燒。[9]於是我馬上暫停鼻喉營養奶餵食，再讓羅伯先回到吊鹽水（也是「吊命」）的狀態。吊鹽水固然不是長遠的計，但這也不是羅伯第一次被禁止餵食，他右臂的中央靜脈導管，就是為了用來注射一袋袋奶白色的營養液（我們稱之為「吊雞」）。我拿來「雞紙」，寫著處方。

然後顧問醫生回到病房，聽我說著羅伯再度惡化的病情。

「唔使吊雞啦，Terminal malignancy。」顧問醫生在排版上寫上醫囑，不再給予

9 這種情況，醫學上我們稱之為 Fecaluria，Fecal 是糞，Uria 是尿。

羅伯靜脈營養。我一時不明白。在我這個經驗尚淺的醫生簡單的思維中，病人就是需要營養，是醫學院教我的，首選是經腸道營養，如果不行就給予靜脈營養。為何我們不給羅伯營養？我禮貌地再請教。

「其實佢住咗院咁耐慢慢轉差緊，而家已經去到呢個地步，你覺得喺血管俾雞佢係真係幫到佢任何嘢？定係 prolong 緊 suffering？」他指一指滿袋是糞水的尿袋，提醒著我，我似乎沒有真正理解過這位病人這刻真正需要的「醫治」為何，我亦似乎忘記了醫學並不是「一加一永遠等於二」的數學題，而是親手牽動著另一個生命的一門藝術。

然後我們沒有再說下去，只是默默收起羅伯的排版。巡房完結後，我在手機上查找相關的學術論文：「美國經腸道或腸道外營養協會」針對癌症病人所發出的指引指出，在末期癌症病人中，很少需要紓緩性的營養供給。注射營養可能延長他們的生命，但亦可能令生活質素變得更差。協會指引亦明言，這個決定的確可能牽動許多情緒，但我們仍要以病人真正的福祉作依歸。[10]

然後，我將處方營養的「雞紙」丟進機密文件箱。

白色的牆、藍色的板

既然如此，我必須重新探問，當羅伯的生命走到今日這一步，他需要我這個醫生為他做些甚麼。幾日後我當值的晚上，我趁著有一點時間，去到羅伯床前。畢竟，平日匆忙的巡房中也沒有和他多說幾句。

「羅伯，你都知道其實而家我哋可以幫到你嘅唔多，主要都係紓緩為主。

10 August, D.A. and M.B. Huhmann, A.S.P.E.N. *clinical guidelines: nutrition support therapy during adult anticancer treatment and in hematopoietic cell transplantation*. JPEN J Parenter Enteral Nutr, 2009. **33**(5): p. 472-500.

所以你有咩唔舒服就講啦，我哋再試下幫你啦。」

「H醫生，」羅伯緩慢地將頭轉向右邊。「我淨係唔想死係呢個病房入面。」

他說完這一句簡短的話後就陷入靜默中，彷佛已經用盡了全身所能擠出的氣力。病床的右邊，在他眼前只有米白色的牆壁。我不知道他別過頭來，是否為了可以讓心眼看穿牆壁背後的廣闊天空，將嘈雜病房中的種種痛楚拋到腦後。

我也靜了好幾秒才回答：「嗯，我哋再睇下點啦，不過唔係咁易俾你出院呀啦。」

我望著病床左邊的藍色隔板，因為我知道隔板背後，再多六七張病床的距離，有一扇陳舊而朦朧的窗，如果羅伯的視力還好，也許還能看到一小片的夜空。可惜長期住院的他，染上一身抗藥性金黃葡萄球菌（MRSA），為了預防傳染，病房醫護必須要跟既定程序，以隔板將他包圍。於是，他不只被困於一個病房，更是被困於更狹小的六平方米之中。

我脫下保護衣物，在經過護士站的時候，隨口問了一句：「其實18號床係咪一定要瞓嗰個角落到㗎，佢而家好似好抑鬱好慘咁，有冇個位俾佢望到下個窗都好呀？」

「咁佢MRSA呀嘛，你都知無咩位可以擺㗎啦，個ward又收爆呀，H醫生」

「我哋遲啲睇下點啦。」

在這兩分鐘內，我和護士分別都拋下一句「睇下點啦」，是否都是一種無情的敷衍？還是，其實是因為我們都知道在現實種種制肘之中，這些請求都幾近不可能被實現；其實我們本可以一口回絕的，但人性中某份同理心，叫我們仍然感受到卑微請求背後的苦痛，不忍抹殺希望，才說一句「睇下點啦」，讓半點期盼仍留存在大家的想像中。

灰色的袋、藍色的床

羅伯可以說是只能在這個病房離世。

他的老伴早於幾年前已經先行一步，他沒有任何親人可以帶他回家照顧。在這次入院前的一年間，他一直獨自住在安老院舍。

羅伯的故事發生在2024年6月3日前，根據當時的《死因裁判官條例》，除了少數特別獲豁免的院舍外，院友若於安老院舍離世，必須呈報死因裁判官，經由病理學家檢驗後，再由裁判官判決是否需要解剖驗屍，甚至交由警方調查、開庭研訊。如此的法律程序往往為院舍及家屬帶來龐大而不必要的壓力。因此很多時候院舍在院友苟延殘喘時，都會召白車將院友送往急症室。這時，有一小部份的病人如果事前有簽署有效的「不作心肺復甦術」文件，或者可以避過被心外壓，可以送到醫院自然離世。但許多時候，於當刻沒有這份文件時，救護人員更要「跟既定程序」施行徒勞無功的搶救後，令病人於臨終前承受更多不必要的痛苦。

所以，即使完全不考慮安老院舍能否照顧好羅伯身上的各種喉管引流及極其虛弱的身體，即使我們強行將羅伯送回院舍，他也難以如願在他所熟識的住所內安祥離世。

我們也不是沒有努力嘗試過。護士們幾次致電院舍職員的同時，我也在病房中與醫務社工詳談了一遍。不要以為外科醫生只需要知道大腸的結構或腫瘤的病理，我讀著眼前幾份文件，「不作心肺復甦術文件」、「20 類須予報告的死亡個案」，也在手機上 Google 著種種法例規定和慈善團體的服務。我發現這一切都不簡單，但當病人無親無故之時，我這個主診醫生已經是地球上僅有可以為他鑽研這些的人。

最後，我們都得到一句「愛莫能助」的回覆。我繼續跟羅伯說著「再睇下點，好難㗎，院舍話安排唔到呀」，然後看著他剩餘的生命在藍色隔板之中每日再凋謝一點。

兩星期後，某個下午的巡房中，羅伯再沒有問我關於出院的夢想，因為他已在喘不過氣來的困苦中掙扎著。他滿口的分泌物阻塞著自己的呼吸，面罩下 100% 的純氧也沒有太多能進入到肺氣泡與血液中。我在電腦上寫入嗎啡輸液的處方。我在羅伯的床邊，彎身在他的耳邊說了最後幾句話。

兩小時後，我看著他在這個病房內離世。然後，我看著他終於離開這個病房，在灰色的袋中，在藍色的密封床中。我完成不了他的心願，但至少，他最後一刻也算是安祥的。

大自然中野生動物在衰老之時，都可以選擇走到何處再慢慢凋謝；像大象會走到最容易喝水的地方坐下，燕子會飛回熟悉的洞穴甚或自己的鳥巢中停留。如果我們人類文明發展到2025年，反而不能為自己作一個最後的決定，決定在何處度過人生最後一夜，也恐怕太過可笑。

2024年6月3日起，《死因裁判官條例》經過修訂後，居處離世範圍涵蓋安老院舍，當院友在死亡前14天內獲醫生診治，並於逝世時獲醫生簽署死亡文件，家屬便可辦理死亡證的手續，殯儀公司亦可直接移走遺體，毋須運往公眾殮房解剖。同年七月，首名病人，一位逾九十歲的婆婆，經此新途徑於院舍房間中安祥離世。

我們終於踏前一小步，但前面還有很長的路，才可以讓我們都可以一路好走。

第1.5年——腦神經外科

二零二三年一月一日

普通外科的這半年，是我不再「實習」，成為完全正式醫生的開端。雖不是第一次見證生死，但卻是第一次以「主診醫生／Case MO」之名親歷他們的治療旅程，從此我的肩上責任多了幾分，他們的生死在我心上亦多了幾分。

我在陳生和「陳記」的邂逅之中，探尋著生存的意義，思考在短促的人生中，可以給予身邊的人甚麼。然後在羅伯的故事之中，感受著死亡每一天走近，思考著離開的一天，我又會給世界留下甚麼。

行醫，固然是一份「有意義」的工作；但在我辜負羅伯唯一的願望之時，或者更多類似的「無能為力」之時，我才會被殘酷地提醒，我始終身處在一座龐大的白色巨塔之中，許多事情不由得一個忙著運轉的小齒輪去改變。

帶著這份若隱若現的感悟，我走過了普通外科的半年，準備踏入腦神經外科的大門。在普通外科中，有許多消化道疾病病人，他們無法進食，失去生存僅有的享受及尊嚴，還要清醒面對痛苦。而來到腦外科，許多病人在昏迷之中，半睡半醒，連他們是否真的感到疼痛我們也不會知道，就是另一種痛苦了。

遺落床前的玉桂狗——創傷性腦損傷

TRAUMATIC BRAIN INJURY

扭耳仔

四十歲左右的男士，因為感情糾紛輕生。經開顱手術清除了顱內瘀血，但腦部嚴重受創，復原機會基本上為零，用大眾的說法就是已成植物人。我今日的任務是到深切治療部會見他的家人，與他們商討，是否要為病人拔喉，讓他在安祥之中離開。

會見家人前，我再一次檢查病人。

腦外科之中，判斷病人的格拉斯哥昏迷指數（GCS），是最基本而必要的檢查。昏迷指數之中最低的分數是三分，代表在眼睛、言語、動作反應三個範疇中都各得最低的一分，是為最嚴重的昏迷。醫護同事常簡稱 111，亦有人叫做「三大分」。三分的病人就這樣躺在病床上，任憑你如何刺激他，也是完全沒有反應。難聽一點的說，彷彿和已經死去無異。引用港大鄺教授的名言：「Even a table will have a GCS of three!」。

要判斷昏迷指數，我要向病人施加痛楚。整痛病人的方法眾多，但讀書時候教授說，如果你以指骨「鎚」病人的胸骨而他沒有反應，可能只因脊椎受損而感受不到頸以下軀幹的疼痛，並非真正因為腦部受損昏迷所致。因此，比較可靠的做法，是「扭耳仔」。

扭耳仔這個動作，不似許多其他醫學檢查，它完全說不上是特別專業或講究，這是一個大家都熟識不過的動作。我記得，小學時候，我因為拒絕喝下苦澀的西洋菜湯而被媽媽扭耳仔，然後在厲聲訓斥之中我落淚；大學時候，我因為在女朋友面前亂講說話「花式自殺」又試過被扭耳仔，然後在打情罵俏之中我大笑。我今日扭著病人耳仔一刻，他卻不哭不笑、不言也不語。

世事就是如此，一樣一個動作，陪我們走過生老病死，可以於每一站賦予我們不同的感受，帶著背後的不同意義。是笑還是淚或者不太重要，重要的是，我們仍然可以用心感受到活著的瞬間，可以緊記和身邊人的聯繫，從而證實我們不只是一具麻木的軀殼。或許終會有一日，我也會如此躺在床上，只剩三大分。但在最後那日來到之前，我要提醒自己，記得感受活著的一切。

床頭的神聖領域

扭耳仔檢查將我帶到病人床頭前。

嚴重昏迷病人的床頭前，時常會變成一個神聖的領域——佛像、念珠、聖經、十字架、御守、平安符……中西印日式也好、古老或摩登也好，每件信物可能都經歷過簡單而莊嚴的儀式，由虔誠的親屬，珍而重之小心翼翼地，放到病人枕邊，盛載著親友們的祈願。在他們心中，這一份愛亦是一種特效藥。如果說有時候抗生素經血液注射比口服有效，那麼或許每一份實在的愛，放得愈近靈魂所在的頭顱中，就愈能夠讓病人領受到呼召，在奈何橋前回頭。這一種想法也許帶點愚蠢的迷信，但卻是親屬所能憑藉的所有。

神聖領域中亦不必然是宗教物品。我見過一個小喇叭，一直在床頭播著姜濤的歌單。我想，法寶的魔力不在於諸神的加持，而是取決於昏迷的人心中，這世間上他最珍愛甚麼，才最有機會幫他捱過難關。

在我今天為病人扭耳仔時，我看到他的床頭前沒有耶穌佛祖，也沒有姜濤，只有玉桂狗、布甸狗和 Little twin stars。

但這位先生所珍愛的，應該不是這些卡通人物，應該是畫出這幾幅畫的她們吧。

粉紅色水筆寫的「我愛爸爸」歪歪斜斜，而藍色粉筆寫的「WE LOVE YOU」佔據A4 紙的大半，迫得布甸狗和其他卡通人物貼紙緊擠成一團。Little twin stars 每人手上都拿住一封信，信中寫上甚麼不得而知。而在玉桂狗頭上，「Miss you」和「very much!」中間畫上了幾個心心，雖然有一個不小心畫成了三角形，但整體來說色彩豐富畫得不錯。我想，如果小學時候的美勞堂功課可以畫成這樣，我就不用拿 C- 了。

只可惜，我知道這幾幅畫並非「為賦新詞強說愛」的美勞堂功課。

我知道，這是兩位小朋友真切的靈魂，在這一刻傾注全心所有的愛與願望所煉成的結晶，以此為她們僅有的武器，想要從死神手上把她們一生唯一的爸爸搶回來。

我從來未曾想像過，原來玉桂狗的笑容，可以帶給人如此錐心刺骨的心痛。

我簡直不忍再多看幾秒，還是轉過頭，收拾好心情。

「屋企人 ready 未呀，我哋而家見屋企人啦。」

LoveU

「會唔會有奇蹟？」

在我眼前的，是病人的爸爸媽媽、妹妹、以及前妻。

每一個醫生都必需懂得如何向親屬宣告噩耗。醫學院教過一些模式，甚麼SPIKES Protocol[11]云云，但每個醫生都有自己的心得。我自己相信，不能急，要給他們充份的時間作心理準備。往往要從頭開始，將病人由受傷／病發之始所經歷的每一步重新解釋一次，讓親屬明白每一步都如此困難重重，才導致今日無力回天，也要盡量在親屬能理解的範圍，解釋治療的原則，拉近大家認知上的差距。

「腦唔似得肝或者皮膚可以自己生返，意外嗰一刻對腦部所造成嘅結構性創傷係不可逆轉，我哋醫生唯一可以做嘅只有避免其他因素對腦部做成二次傷害，例如我哋開刀拆咗頭骨、清除瘀血就係盡力減少腦壓過高會令情況更差。但現今嘅醫學，我哋無辦法透過任何藥物或手術重建已經撞傷嘅腦部組織。」

我會打開病人的X光、電腦掃瞄影像，為親屬解說。當病人的病況如此危重，每張影像中都在張牙舞爪，只要我稍為解釋，就連沒有醫學知識的親屬都會看得出嚴重性。眼見為憑，往往比單單聽我的片刻之詞，來得更真切確實。

「呢個係先生琴日做嘅電腦掃瞄。呢到灰色呢啲係正常嘅腦部組織，而白色好光呢啲，都係受傷所致嘅出血瘀血。你哋都可以見到其實有超過一半嘅大腦已經變成瘀血，呢啲大腦組織都無法回復本身正常功能。換言之即使佢下面腦幹呢啲位置暫時未嚴重受損，暫時可以維持呼吸血壓呢啲基本生理功能，但控制知覺、反應、思維等等嘅大腦如此受損，基本上都難以甦醒。」

而當我被一雙雙漸帶淚光的眼睛凝視時，那一條近乎必然出現的問題又再出現：

11 SPIKES Protocol：醫學院的課堂教我們用六個步驟來宣告噩耗，安排適合環境（Setting）、摸索對方現有認知（Perception）、要對方邀請我們宣告（Invitation）、宣告資訊（Knowledge）、回應對方情緒（Emotion）、總結（Summarize）。學生時期，我們總覺得這些紙上談兵帶點可笑。

「醫生，咁仲會唔會有奇蹟㗎？」

這個問題複雜在於，家屬這個問題固然不想聽到一句「唔會」，如果我一口回絕，也未免不近人情，但同時間，我們亦不能給予他們假希望。

「嗯，我都知道每個屋企人都會想有希望，想有奇蹟出現。好坦白講，你叫得做奇蹟，即係超乎常人常理、超越科學醫學，咁係呢一刻我都無辦法一口咬定話世界完全無可能出現呢種解釋唔到嘅奇蹟。不過我作為一個醫生，我就只能夠根據我哋嘅專業知識同經驗去答你，喺醫學上，我哋判斷佢係無機會醒得返。你話如果屋企人想等一個可能十億份之一機會出現嘅奇蹟，唔係唔得；但係都要明白所謂等一個奇蹟嘅時間，唔知要等幾耐，機會亦都非常渺茫，同時間反而可能係為佢帶嚟緊更多不必要嘅痛苦。」

「佢而家插住喉，冇頭骨，身體好多喉管，成日俾我哋拮佢，手腳又因為強心藥而變黑變瘀，咁樣去維持所謂生存，都未必係佢自己會想經歷嘅事。」

家人的出發點永遠是愛，當他們明白苟延殘存只會增加病人痛苦時，漸漸就會學會，放手亦是一種愛。

好遠好遠嘅地方

「我諗呢段時間，大家就珍惜最後同佢一齊嘅時間，就算探病時間以外都好，我哋盡量安排。你哋仲有冇其他屋企人想嚟探佢？」我望著眼前一室的大人，想著床前的玉桂狗和布甸狗。

「我唔知應唔應該俾兩位小朋友嚟見佢。」孩子的媽媽低下頭，在沉思之中。

有說，爸爸在小朋友心中，永遠會是一個巨人。坐在爸爸肩膊上，彷彿是聖母峰的山頂，在此靠山之上，小朋友可以眺望世間無窮盡的風景、可以相信未來有著一切的可能、可以傳承生命的偉大。棲身於爸爸的臂彎之中，他們也可以相信成長中的一切苦樂，都總會有人支撐。

只不過今日，她們的爸爸，肩膊處插著中央靜脈喉管，而臂彎縱使粗大，卻是因為嚴重水腫，絲毫不見強壯。若果要她們看見這刻的這個爸爸，她們心中的那個巨人形象，又會否崩塌於一剎那？

我和這群家人都想不透，究竟讓一對稚氣未脫的小孩，來到深切治療部見輕生的父親，會否是正確的做法。如果她們親眼望見爸爸受苦而虛弱得不似人形，這一份創傷和殘酷，和延續未來的後遺症，我們中又有誰能為她們彌補？還是我們不讓她們前來，就由我這群大人背住她們，將她們的爸爸送往天國？如果她們從來沒有機會見爸爸的最後一面，這一種無聲無息的消逝如此虛無縹緲，又會否永恆地在她們心中遺落一個無法填補的空洞？

如果我說，廿歲到尾的我作為一個醫生，在經歷過無數生死迎送後，最近才開始在父親兩鬢的斑白中認知到父母不會陪我走完一生。那麼，我又怎能叫連路都未走得穩的稚子們明白？

我想不下去，我只能抽身回想，每一個香港的小朋友，又是於何時第一次意會到世界上有「死」這個字、有「死」這回事。還是，我們只是聽著「去咗好遠好遠嘅地方」一類的隱諱，然後在朦朧中建構對生死的想像？而當我們成為大人，「去咗好遠好遠嘅地方」又是否我們唯一可以給予小孩的答案？

如果你問八歲的我，甚麼是「遠嘅地方」，我可能會回答，是住在元朗的女同學的家；甚麼是「好遠嘅地方」，可能是一年去一次的西貢海鮮街，而「好遠好遠嘅地方」，也許會是加拿大，一個聽說要坐十數個小時飛機才去到的地方，好遠好遠好遠好遠。

我忘記了我何時首次認知到死亡，但我肯定從來沒有這樣的一日，和父母／老師促膝長談，好好談論何謂死何謂亡、以至如何面對這一種必然。學校和課本教過我升五星紅旗要肅立、教過我求學時期不應該談戀愛、教過我「我的志願」要寫「得體」的職業，卻無一課教過我生死，無一頁告訴過我，原來每一個某日都可以是我們和每一位某人的最後一日。

當我們談論死亡

生死教育裏足不前，源自於「華人社會」如此忌諱「死亡」。

尤記得我第一次出席長輩葬禮，家母千叮萬囑，吉儀內的一元硬幣、紙巾、和那一粒糖，都務必要在回家前棄掉。回到家後要用碌柚葉沖涼，「唔好帶啲衰氣返屋企」。我不以為然：「其實我返工成日都有人死㗎喎」。家母一句：「咪！邊有得咁講！」，然後就再沒有解釋。

葬禮必然伴隨「衰氣」這種「傳統」，在華人老一輩心中不證自明。死亡始終需要被忌諱：紅白不能相沖，出席白事後一百日不能出席喜宴、壽宴；孕婦不可出席喪禮，或者要綁紅繩柏葉才可出席；要為逝者作法「破地獄」才可以「清除祖先的罪孽，以免他們的餘孽殃及子孫」。

另一邊廂，於我下筆之時，美國剛剛為逝世的前總統卡特舉行國葬。在眾多致詞中，眾人憶述他百年人生中每一項成就，最多人談論的一幕，是孫仔 Jason Carter，憶述公公工程師出身，曾經領導美國各種核子工程，卻不會用智能手機，想影相卻變成打電話給孫子。孫子在葬禮上揶揄逝去的公公，一句「Nuclear engineer right? I mean…」引來哄堂大笑。然後我又想起 NBA 巨星高比拜仁逝世之時，隊友 Shaq O'neal 同樣在懷緬他的典禮中，回憶 Kobe 如何「獨食」，斷然拒絕 Shaq 勸他多傳波、多與隊友合作，同樣於葬禮上惹來全場笑聲。

原來面對死亡，除了忌諱、恐懼、悲慟與哭泣，我們還可以有更多掌聲，笑聲，去提醒我們死亡並不代表一切就此消亡、亦不只有地獄陰間的黑暗；原來死亡，可以是一個圓滿句號，一個機會讓我們慶祝生命的存在；原來所有美好只要真實發生過，留在記憶中或在世界上留下痕跡，一樣可以永恆。

當我們改變社會的觀念，當我們明白死亡本身的意義，我們才可以重新坦然面對生死、進而教育生死。

二十一世紀，我們是時候把生死教育列為不可或缺的一課。從小到大，由小學以至中學，循序漸進地談論生死，要認識人總有一死，一個確切而不可逆轉的生理現象。我們可以教育孩子死亡以及葬禮如何教導我們珍惜眼前，也可以分享中學生中西文化中，各種信仰或哲學觀中，如何想像「死亡之後」，亦可以與學生談論如何面對或走出至親離世的痛。然後希望有朝一日，我們來到深切治療部床前，或者就不致於手足無措。

回到深切治療部會見室，我再與孩子的母親討論，如何在小朋友見到爸爸前為他打理好安祥的儀容，以及醫院對小朋友有甚麼精神健康輔導服務。

讓我們學會面對生死，學會如何與創傷共處。

無血緣的 Pamilya——膠質母細胞瘤

GLIOBLASTOMA

早了一年的死亡證

兩星期的大假後，我懷著哀傷的心情和「初四咁樣」的精神面貌，早上七時回到腦外科病房。絕大部份病人都是在我放假時收的新朋友，我對他們都一無所知。但我一回到病房，護士同事已經馬上有事相求。

「喂，H醫生你返嚟就啱啦！得手幫七號床出封信俾領事館呀，佢追咗我哋幾日都未有人出呀。」

「吓？搵領事館做乜？我做個醫生仔啫，搞乜要同外國使節交流咁大鑊呀？」

「咪嗰個工人姐姐囉，好似係啲簽證問題，總之要寫封信俾菲律賓領事館，寫返佢個診斷證明咁樣。你再同佢傾啦。」

首先，「七號床工人姐姐」有名有姓，她叫 Layno。

大約從三個月前開始，Layno 慢慢察覺自己的右手愈發無力，亦影響到她做家務。但是家務繁忙，她一直難以請假，一直拖，拖到一個月前才經急症室入院。入院當日，腦部電腦掃瞄發現一個四厘米大的腫瘤，一系列檢查後，我們為她進行開顱手術切除。

手術中切除的腫瘤經過化驗，病理報告確診：膠質母細胞瘤（Glioblastoma，簡稱 GBM）。GBM，簡單的三個英文字母，放在一起，卻是病人和家屬最可怕的惡夢。它是各種腦部腫瘤中最具侵略性，最致命，最可怕的一種。一般來說，如果沒有治療，從確診到死亡，只需要短短三個月。[12] 而就算接受全套治療，手術切除再加上電療／化療，平均存活時間亦不過十至十四個月。[13]

12 Malmström, A., et al., *Temozolomide versus standard 6-week radiotherapy versus hypofractionated radiotherapy in patients older than 60 years with glioblastoma: the Nordic randomised, phase 3 trial.* Lancet Oncol, 2012. **13**(9): p. 916-26.

13 Mohammed, S., M. Dinesan, and T. Ajayakumar, *Survival and quality of life analysis in glioblastoma multiforme with adjuvant chemoradiotherapy: a retrospective study.* Rep Pract Oncol Radiother, 2022. **27**(6): p. 1026-1036.

「GBM 呢張病理學診斷報告，其實就係病人嘅死亡證書，只不過早咗一年出。」

一位腦外科醫生前輩經常如此對我們說。

此時的 Layno，獨個身處異鄉，偏偏在此遇見死神，看著她拿著一個滴答滴答倒數著的時鐘，從不遠處一步一步緩緩迫近。

比腫瘤更深的深淵

我聽過護士轉述 Layno 的請求後，便走到她的床邊：

「早晨呀 Layno，我係H醫生呀，有咩幫到你呀？」

許多做完大手術不久的病人，在我問這個問題時，還未待我把問題問完已經會先打斷我。他們總會有各種身體不適急不及待要與醫生申訴，「傷口好痛呀」、「好想作嘔呀」、「條鼻胃喉插住喺到好唔舒服呀」，諸如此類。此時我眼前的 Layno，頭戴著白色紗網帽，卻是異常平靜，彷彿無任何身體不適困擾著她。抑或是，她的腦海裏有更加叫她擔憂的煩惱，蓋過了所有肉體不適？

「Doctor，我真係無錢俾呀，你幫下我呀，」

「Madam 話要炒咗我呀，冇 Visa 嘅話喺到醫病好貴呀，我俾唔起呀。」

Layno 的故事是這樣的：

第一日入院之時，Layno 僱主陪她一同入院，僱主和醫生說：「Layno 成日嗌攰做唔到家務」，「手腳又慢過以前」，所以帶她來見醫生，想找出一個原因。然後同日我們發現 Layno 的腦瘤。第二日，因為 Layno 在香港沒有親人可以聯絡，於是我們致電僱主，告知她 Layno 很可能需要開刀切除腦部腫瘤。僱主聽了之後，只是問了一句：「如果開刀，要唞幾耐先做得返嘢？」

手術過後，我們通知僱主，Layno 患上的是 GBM，可以說是一個不治之症。接下來將要接受一系列的電療、化療。她回了一個「嗯」，就沒有再問其他問題。

三日之後，Layno 於 WhatsApp 上收到僱主通知，因為無法承擔她的有薪病假，會將她解僱。因此，她將會失去工作簽證，如果要留港繼續接受治療，將不受公立醫院的保障，面對高昂的醫療費用。Layno 不過是一個平凡的傭工，和千千萬萬同鄉一樣，一心打算來到香港只要勤力工作做好本份就好。她對香港法律、勞工條例、殘疾條例等等一無所知。

Layno 面對各種驟變一湧而上，此刻在她心中最可怕的，不是顱骨上的傷口或者乏力的右手，亦不是失去四份一個腦額葉，而是失去賴以生存的身份、基本福利、經濟支撐。Layno 的發問柔聲細語，近乎是一種哀求，空洞的眼神似是凝望住一道絕望的深淵。在她的眼神之中，我可以看見，她真正的問題是：「喺呢個香港，有冇人可以幫到我？」

隨著命運漂流

GBM 的治療分秒必爭，一般來說手術過後，腦外科以及腫瘤科團隊會馬上為 Layno 準備後續的化療電療。Layno 卻需要首先處理好合約與簽證問題。病魔纏身之中，她亦沒有更多能量再去為自己爭取甚麼平等公義、或者最好的選擇。她只能在病床上靜候僱主和領事館周旋後的安排。這刻的 Layno，就像 1984 年，被排除在中英兩個大國談判之外的香港人。我們都總會記得，當一個人或者一群人，頓然失去對自己未來或命運的掌控，是如此可悲的一種懲罰。

Layno 的不幸際遇，為我帶來微小但確實的痛心。然而，如果你以為故事接下來的走向，是我如何滿腔熱血幫助她，那就大錯特錯。

作為醫院中的細小齒輪，於眾多病人的不幸之中奔走，我只求於百忙之中管好我的份內事，做好醫療工作，已經疲於奔命。寫完信予領事館後，我亦再無多餘時間去關心 Layno 前途問題。當我下一次知道 Layno 故事的進展，只因為又要我以醫生之名為她寫一封信。

「Doctor，佢哋叫我唔好留喺香港，返菲律賓先再搵醫生，咁樣最簡單。我想你幫我寫封 referral letter 呀。」

放棄留在香港繼續治療，安排返回菲律賓，這是對 Layno 來說最「簡單」的選擇。我為 Layno 寫了一封沒有抬頭的轉介信，因為連 Layno 自己也不知道回到菲律賓後，她可以找哪間醫院哪位醫生接手治療。她只能到菲律賓家鄉後再重新開始求醫。在此之間，會拖延多少寶貴的時間、殘餘的腫瘤又會再增生多少，我們永遠不會知道。如果今日，我再在醫管局電腦打開 Layno 的檔案，只會看見她的故事永遠停在最後一句「Discharge, referral letter to Philipines to continue care」，我連她今天是生是死亦無從得知。

我這份小小的羞愧

幾個月後，我遇上另一位外籍傭工 Reyna，她同樣患上 GBM。

當我致電 Reyna 僱主，打算告知她 Reyna 的診斷時，我想起了 Layno 和她僱主的事。於是我簡單交待了兩句病情，就和僱主說：「我都明白，你可能會擔心佢患病影響到佢打工做唔做到嘢……」

我自以為設身處地的說話，卻在說到一半時被打斷：

「唔使擔心，醫生，返唔返到工呢啲問題而家唔緊要呀。我都唔急住要佢做返嘢，我呢啲可以自己再諗辦法。」

「Reyna 係我哋屋企十幾年，我哋都當咗佢係屋企人嚟㗎。」

「我哋點都會陪佢醫好個病。」

經歷完 Layno 的故事後，當我聽到這句話後，不自覺地毛管戙，是一種感動的毛管戙。而在此之中，又有一份小小的羞愧 —— 在危疾面前，我作為一個醫生，竟然只說了簡單兩句病情，就想轉而去討論 Reyna 的工作能力。

僱主打斷我，才令我記起，Reyna 並不只是一個「工人姐姐」，她是一個生命。而作為她身邊的人，當談及她患病時，都理應首先關心她的健康及安好，她是否舒適是否辛苦，或者是她將要接受甚麼治療，未來可能面對甚麼併發症，或者復原的機會等等。當我選擇跳過這一切真正重要的事，作為醫生，我也許忘記了我眼前這位病人，首先是 Reyna，首先是一個有血有肉，也有她自己人生的一位女士。我也許有那麼一秒鐘，將她當成一部家務機械，一個存在只為幫香港人打工的「工人」。而當我企圖以小人之心度君子之腹時，反倒是僱主提醒我，Reyna 她值得被好好看待。

Pamilya

Pamilya，是菲律賓語中的「屋企人」。

我相信，在電話另一端的，正正是 Reyna 無血緣的 Pamilya。她毅然承擔起陪伴 Reyna 與頑疾決戰的責任。電話這一邊的我，亦在心中默念提醒自己，我們作為醫者，記住，要重視每一個病人，永遠首先考慮他們的身心健康。

只不過，任憑我們如何盡心盡力去陪 Reyna 或 Layno 走下去，這一段旅程卻終究如此短促。不過十個月後，大家都將來到終點，默然落車、然後分離。對於 Reyna 的家人來說，這或者就是故事的句號。但作為醫生，幾星期後，我也許又會在同一個病房遇上下一個 Reyna、下一個 Layno、或者下一個 Noelyn、下一個 Allas，又再從頭開始，肩負一份責任，在他們身邊陪伴行過一段又一段路。

當我們回到現世

Noelyn 和 Allas 又是誰？

他們不是我的病人，他們的故事卻是在香港真實的新聞故事。

Noelyn Patricio Arzaga，十一年前離開菲律賓來香港。Noelyn 於 2024 年 3 月被確診患上乳癌，6 月接受乳房切除手術。手術後兩星期的病假期間，僱主已經要求她復工，每日清潔露台、親手抹地。當醫生建議她接受化療以提升存活率時，僱主在醫生面前要求 Noelyn 放棄化療，以免影響工作，否則將不會與 Noelyn 續約。數星期掙扎過後，Noelyn 向僱主表明打算依醫生建議接受化療。僱主隨即於深夜將 Noelyn 趕出家門，再經 WhatsApp 向 Noelyn 發出機票，要求她飛回菲律賓。Noelyn 在工會協助下向平機會投訴，但時至下筆之時，訴訟仍然未有下文，而被解僱的 Noelyn 未能享有公立醫院福利，每次化療費用超過 $5000，正在透過網絡眾籌支援她的抗癌之路。

Baby Jane Allas，2017 年離開菲律賓到香港。她在 2019 年 1 月尾確診第三期子宮頸癌。僱主隨即於她病假期間向她發出解僱信。Allas 同樣失去公立醫院的資助，治療費用估算超過百萬，最後透過網絡眾籌、慈善基金資助、有心醫生出手相助，才可以繼續治療。而因應僱主違例於病假期間終止合約，Allas 與親友向僱主提出訴訟，但法律程序繁瑣而漫長。最後，Allas 於 2021 年撒手人寰之時，法律程序只是剛剛開始第一堂聆訊，而她最終都無法爭取到想要的一份公義。

類似的故事不停重演。

《僱傭條例》規定，除因僱員犯嚴重過失以外，僱主不得於僱員有薪病假期間解僱。然而，單單於 2022 年 1 月至 2024 年 12 月間，平機會已經收到 31 宗由外籍傭工按《殘疾歧視條例》提出涉及解僱的投訴。

一切都相連在這片地圖

本來我也以為，和每位病人短促的治療之旅，都是疏落於時空中，毫無關連的碎片。但某一天，當我回想遇過的每一位他們，一幅偌大的地圖就在我眼前張開，我突然可以望見，如此的每一段路，就如大腦上一條又一條迂迴曲折的腦溝坑紋，於天羅地網之中，終究是彼此相連著，看似各走各路，卻其實是同一故事。

而將 Reyna 與 Layno 與 Allas 與 Noelyn 連起的，是眾多外藉傭工離鄉別井來到香港打工相似的命運線。她們的故事，背後的種種喜樂辛酸，亦是今日香港社會面貌之中，不能被忽視的重要光景。

的確，不是每個傭工／僱主都如 Reyna 的故事一樣，可以共同生活十幾年，培養出一份 Pamilya 的感情。可能有些僱主剛剛聘用外傭不久，就遇上外傭患病。這時候要他們極其大愛地為剛認識的外人承擔所有責任，多少有些不近人情。

然而，外傭的存在，並非一個個單一故事，而是由政府政策所建構出來的社會制度，相應地，擁有公權力的制度，是否應該有更完善的配套機制去保障外傭健康、同時保障僱主權益呢？我沒有一個完美的答案，但有無數的可能性供我們思考：更統一的職前／僱員體檢安排？覆蓋更廣的公營勞工保險？標準制度處理外傭回鄉求醫，確保交接順暢，避免拖延治療黃金時機？讓她們不需再單靠我一封沒有抬頭，不知送到何處的轉介信？更有效率的申訴機制？等等，等等。

我想，這一切是香港作為一個廿一世紀文明發達社會，為我們社會中的一份子，應要承擔的責任。希望，香港的未來不會有更多人如 Allas 一樣，到離世一日都處於屈辱不甘之中。

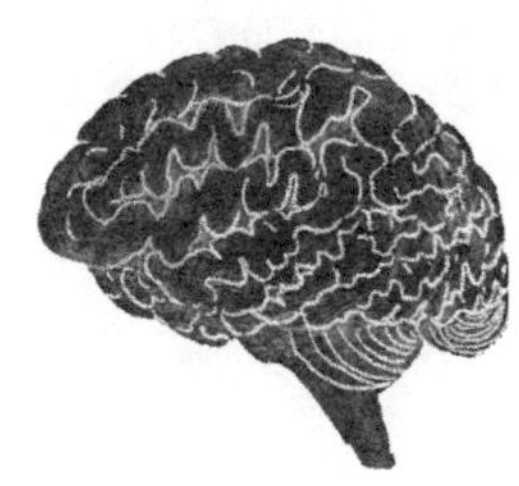

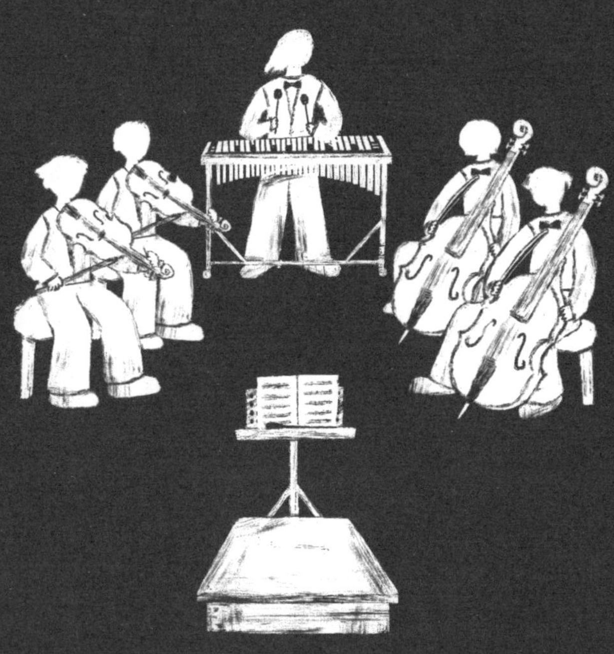

失序的交響樂團——缺血性中風

ISCHEMIC STROKE

黃金六小時

幾日前的傍晚，陳太外出後回到家中，只見陳伯坐在地上，神智不清，第一時間召白車將他送到醫院。

陳伯今年才剛六十出頭，從沒遇上過甚麼大病，卻因急性中風，頓然生命危在旦夕。

缺血性中風，一般有「黃金六小時」[14]之說，如果醫生能夠趕及在腦組織壞死前「通波仔」打通阻塞的血管，便有機會讓病情改善甚至可能完全復原。如果延遲到過了這個「黃金窗口」，壞死的腦細胞非但無法復原，此時通血管供血予壞死組織，更可能引致嚴重出血，雪上加霜。[15]

當我在急症室抬起陳伯無力的右手時，黃金六小時只剩下三十分鐘。而眼前的陳伯說不出一個能理解的詞語，在神智紊亂中只有如嬰孩一般的混濁呼喊。我跟陳太解釋，放手一搏可能會出血可能會死亡，但如果我們選擇不進行「通波仔」，陳伯就算「幸運」活下去，嚴重中風後他亦會喪失自主生活的能力、甚至不能有尊嚴地過活。

「醫生，你一定要盡力救佢呀。」

然後，我們馬上將陳伯推入導管治療手術室，進行「通波仔」手術（intra-arterial thrombectomy）。

一小時後，「手術成功」，阻塞的血管已經重通，供血無阻。

14 黃金__小時：在此稍作補充，急性中風的治療極為複雜。基於不同臨床情況，這個「搶救窗口」的時長，有時可以短至 4.5 小時，也可以長達 24 小時，各種細節在此不贅，但大原則就如同正文所說一樣。

15 Powers, W.J., et al., *2015 American Heart Association/American Stroke Association Focused Update of the 2013 Guidelines for the Early Management of Patients With Acute Ischemic Stroke Regarding Endovascular Treatment.* Stroke, 2015. **46**(10): p. 3020-3035.

一日後，陳伯依然昏迷不醒，電腦掃瞄顯示後腦大範圍壞死出血，腫脹的腦袋擠在顱骨之中，腦溝之間應有的喘息空間在壓迫之下盡不復見。

「咁都係時候收隊喋啦」，顧問醫生如此說。

Show must go on

故事接下來的走向，一般來說，是當我們知道病人已經沒有復原甚或乎甦醒的可能，就是時候順應不可逆的天意，逐步減少各種無效治療和頻繁監察。然後，隨著陳伯腦壓漸升，身體就頓成失去指揮的交響樂團，器官各自荒腔走版，最終亂作一團曲不成曲，失去呼吸脈膊心跳，萬籟俱寂。

不過，兩星期前，我去過一整天的培訓，關於器官移植。

暫時於香港，死者器官捐贈只適用於腦死亡（又稱腦幹死亡）的病人。[16] 這些病人遭受嚴重腦部／腦幹損傷至不可能復原的地步，所有腦幹反射完全消失，亦無法感受無法思考、無法自主維持身體機體，於醫學上以及法理上，都是徹底的死亡。腦死亡的逝者，他們的肉體，短期內仍然可以透過呼吸機／各樣藥物的支援維持心跳、呼吸、各樣器官功能，器官捐贈就可以於這段期間進行。而眼前的陳伯，此刻仍未到腦死亡的程度，但隨著腦壓一步步上升，恐怕都只是兩三日後的事。只要陳伯到時仍有心跳脈搏，部份器官功能保持理想，或者就可以成為器官捐贈者，將生命的恩典延續予幾位其他病人。

但要失序的樂團繼續演奏卻絕不容易。要知道，無數生理調節是如何複雜，而腦部這個指揮極其精巧，只有失去它的時候我們才知道。但我這個外行必須冒充指揮

16 視乎情況，循環死亡（而非腦死亡）的病人可能可以捐贈部份組織（而非器官），例如眼角膜或皮膚。

時，我只能親身走到每一個器官樂手身邊，慢慢逐一指正。我需要動脈導管無時無刻持續監察飄忽不定的血壓，不停調節強心藥的濃度；然後走到肺部身邊，隔一會就調節一次呼吸機的設定；再去細聽腎臟的演奏，它每小時的音量不能多也不能少。而為了要演奏到圓滿謝幕，我必須勞煩病房的護士陪我一同付出更多更多更多的努力，我因此亦有少許歉意。

「喂，H醫生，其實佢屋企人係咪真係會捐㗎？係咪真係要搞咁多嘢呀？」

說實話，我不知道，因為現時醫學界普遍做法是，於病人腦死亡時，我們盡量避免主動與家屬討論器官捐贈事宜，以免家屬覲感有利益衝突，以為醫生對病人的器官虎視眈眈而不盡力醫好病人，所以此刻的我無法知道結果。但要是我今日為了簡單方便，為了大家少一點工作，任由陳伯的器官率先衰亡，最後是循環死亡而非腦死亡，那麼就算陳伯和家人有心遺愛人間，亦會因為我的怠惰而不能成事，將會是陳伯、家人、以及苦候器官中每一個病人的損失。所以我始終決定將演奏進行下去。

人死可以不如燈滅

經過五日的細心指揮過後，在這個夜裏的凌晨，深切治療專科醫生再為陳伯進行一系列檢查，證實陳伯已經腦幹死亡。

李姑娘是器官移植統籌專科護士，於凌晨收到我的電話，馬上趕來醫院。也是為免利益衝突的觀感，與家屬討論器官捐贈的責任將交給李姑娘。我只負責將死亡的判定告知陳太，然後最後加上一句：

「如果你哋有其他問題嘅話，我暫時要講嘅就係咁多，跟住落嚟，呢位係我哋嘅資深護師李姑娘，佢都有啲嘢想同你哋傾。」

此時，我步出會面室，又一次回到陳伯床前。

「人死如燈滅」，我們時常如此說。在過去行醫的年月裏，我的感受亦是這樣，無論我們在病人生前如何盡心醫治，對病人生命的責任都會於死亡的一刻驟然告終。不過是一刻的界線，將他們由人，變成物，醫者的責任就被卸去。從此以後，此人（還是物？）就與我無干。

不過這一次，我望著已離世的陳伯，可以望見他的心臟依樣跳動著，每分鐘八十七下，而肺部雖然完全依賴呼吸機的操控，但每一個肺氣泡依樣工作，將每一口二氧化碳兌換成氧氣，供給同樣未竭息的肝與腎。於是，我的職責伴隨陳伯的心跳一樣延續。我再一次檢查呼吸機設定、強心藥劑量、小便排量，繼續照顧好陳伯留在世上的身體。

這一次，人死可以不如燈滅，軀殼可以不必在火化場中化灰，陳伯可以化成燭光傳遞，燃點下一個生命，照亮另一個家庭。為此，我坐於護士站僅存仍亮的燈光下，靜候李姑娘與家屬會面的結果。對我來說，即將來到的，會是一個 moment of truth。過去幾日，我接近是一意孤行，請各位同事與我一同為著一個完全未知的可能性付出額外的心力。

而我們即將知曉這一番耕耘能否收成。

人生很多事，本來就是徒勞無功

等待亦並沒有過於漫長。不過三分鐘後，陳伯的妻女慢步回到床邊，而李姑娘合上手上的文件夾，坐在我旁邊。

「屋企人嘅意願都幾明確，佢哋唔會做 donation。」

「陳伯喺生前冇同佢哋討論過任何關於 organ donation 嘅諗法。而屋企人話陳伯生前都好怕痛，佢哋相信陳伯唔會想再開刀 for donation。」

「同埋太太都有講，始終佢哋都係想留全屍。」

此刻的我心入面有許多想講的，例如即使陳伯曾經怕痛，但在腦死亡之後，已登極樂的他都不會再痛。不過我終究將種種道理，連同我一份失望，一口吞下。世界上有些判決，從來沒有上訴挑戰的空間。就算我有一千個理由支持捐贈器官，「屋企人唔想捐」仍然會是無可爭辯的一槌定音，我亦無權於親屬最悲痛之際，逾越界線、爭辯過問。

然而，一份不甘吞進咽喉後，我又該如何消化？擺在我眼前的，始終是一個難逢的機會，讓好幾位活在痛苦多時的病人得以重獲新生，我懷疑，幾個家庭的命運逆轉，是否一切只差陳太一個首肯。

在迷惘之中我必須反躬自問，我作為一個醫生，我的責任歸於何處。當我是陳伯的主診醫生，當病人與親屬將照顧他的使命虔誠地交於我手上時，這一百二十個小時的每一道醫囑，固然只能是為著陳伯而存在。我永遠不能於心中想著某位其他病人的利益，去為陳伯開藥。這始終是不容僭越的底線、亦是醫患關係與互信的根基。

當我著力保持陳伯的器官功能，出發點仍必需是陳伯本身。於是我們回想器官捐贈，在無私利他之外，對捐贈者本身的意義：為了讓他超脫生命本身的局限，於死亡後仍然可以活出比一己生命更大的意義。畢竟，這是醫學發展過千年後，唯一一次，我們在最後一夜仍然不用受困於牛頭馬面的鎚戟、可以掙脫黑白無常的枷鎖；唯一一次，我們作為醫生可以站在病人身邊，一同無懼直視死神的雙眼，在跨過生死門後，仍然邁步前行。這一份追求和神聖的意義，本身就不需要由另一位病人的受惠來證明。

但是在這件事上，我們無法也不應為別人做決定。當陳伯沉默無言之時，我們必然要誠心相信他身邊至親代他所作的決定，就是最接近陳伯本人意願的決定。畢竟，相比於夫妻（或者夫夫、妻妻）和家人的年月相伴的感情累積，我們作為醫生只是過客，此刻只能保持謙卑，將一己想法放低。就如仍然存活時一樣，醫生所做，只是讓你有健康的身體，有選擇的權利，去決定如何善用你的身體。

然後，在種種交纏的思緒中，我望著護士同事一一拆除陳伯身上的喉管，將一個個維生儀器收起。然後，循著幽暗的走廊，我逐步步回當值醫生的「Call房」，祈求今夜平安，能於明晨巡房時還能睡上幾小時。

我背後的深切治療部同樣幽暗，而陳伯身體中，心肝脾肺腎，正一個個步入永久長眠中。

在床上我問自己：遺憾嗎？

總會有一點。

但還好，畢竟，人生很多事本來就是徒勞無功的。

原來生而為人，我們都需要在不知多少次的徒勞無功之中，建構出下一次成功完夢的可能。

然後我就沉入一夜的安睡。

第2年——骨科

二零二三年七月一日

回想過去一年，如果說，在普通外科的半年間是讓我重新感受生死重量的開端，那麼在腦外科的半年間，昏迷不醒的病人，卻是教我認識生與死之間的五十道陰影。最初的我們，一個個初生的醫生或少年，都容易將生死看得比一切都要重，相信我們的天職就是要「救活」眼前的病人。

然而，這五十道陰影，卻叫我們要想得比一個人的生死更遠，讓我們心中叩問更多的問題：當病人一心求死的時候，「救活」一個全身癱瘓的病人是否只為他帶來更多創傷？當病人長年不醒，成為所謂「植物人」時，我們又如何為病人及家人帶來最好的選擇？當我們走到最後一道陰影，面對腦死亡的病人，我們又如何讓生命的奇蹟在另一個軀殼中，伴著另一個靈魂繼續綻放？因此，我們學習想得更多更遠，想著下一代和他們的未來、想著國界以外的朋友、想著素未謀面的其他病人，再繼續前行，為著比一己生命更大的一切。

這一年，我走出外科，離開關於靈魂或存在的抽象思考，走進骨科病房。骨科，或許是最不抽象的一科，在實實在在的骨骼與肌肉之中，我等待病人們用另一種語言向我訴說他們的故事。

白日之下的路西法——肩關節骨折脫臼

SHOULDER FRACTURE-DISLOCATION

每一個骨折背後

骨科的值班夜裏，我需要兼顧的事包括：（一）收症，每日大約會有二十個新入院病人需要我問診、檢查、安排初步治理；（二）小程序或手術，例如簡單脫臼的關節復位，或者為不太大的切傷傷口作縫合，大部份時候都要獨自處理好。（三）當有較大型的緊急手術進行時，亦要到手術室協助高級醫生。雖然骨科不是我最忙的三個月，但也絕不算輕鬆。

而骨科收症問診（History taking）其實亦頗考技巧與耐心。行外人，甚至部份醫護同行，有時會開玩笑或有種錯覺，認為骨科的工作很簡單，「照咗X光／CT見到骨折，要「fix返佢」就是。事實上，細心的骨科醫生，往往很重視受傷的實際過程（Mechanism of injury）——病人是如何跌倒的？上斜或是落斜？樓梯或是斜坡？腳朝內轉還是外轉？是加速或是煞停？失足是因為絆腳抑或頭暈？如果時間許可，我們更想多了解病人的背景，和誰一起住、家居環境如何、平日有否運動習慣、甚至飲食習慣如何？有時候，這些問題未必影響我們如何將骨釘鑽進病人的股骨。

但我們始終相信，當我們付出更多心機了解受傷背後一切遠因近因，就可以不止於固定好眼前的骨折，更可以預防公公婆婆下一次再出現在我們眼前，或者手術枱上。

不過有一種病人，收症時候相對簡單，在忙得不可開交的夜裏，有時會有種「小確幸」錯覺。他們是從老人院而來，最年老以及腦退化症的一批病人。之所以簡單，是因為問診可以很簡短。

「係老人院跌親，之後企唔返起身」，很多時候已經是我們可以搜括到的所有資訊。很多時候，年過九十的公公婆婆，溝通能力已經時光倒流回到嬰孩時期，此時的口齒不清，和將近一百年前的牙牙學語也相去不遠。而老人院陪伴送院的職工，往往只能拋下如此簡單的一句。致電老人院問下去，也只會得到各種愛莫能助：「轉咗更啦，我都唔知咁多」，「我哋轉個頭見到佢已經跌咗係到，前面咩事都睇唔到呀」。不在現場的家人，所知的就更少。

在骨科的頭兩個星期，我遇上這位九十四歲的伯伯，他幾年前中風過後無法自理，亦口齒不清難以溝通，一直住在老人院至今。據老人院職員轉述再轉述，有同事發現，他絆倒雜物跌撞落地，左肩著地。職員們見左肩變形腫痛，便馬上送他來到醫院。這就是故事的全部。X光顯示左肩關節脫臼，肱骨（上臂）骨折。我與同事合力以「希波克拉底方法（modified Hippocratic Method）」將脫臼的關節復位，為病人戴上手掛暫時固定肩關節。過程之中，伯伯偶而發出不適的噪音，或者一兩個潮州話單詞，也沒有說出一句完整說話。他的兒子去年已經攜家移民楓葉國，一時間無法聯絡，我只好致電伯伯的外甥女解釋情況。這大約就是今晚要為他做的全部。其他事，大概都可以等待明日與高級醫生一同巡房時再決定吧。

白日之下

八時三十分巡房時間，我推著流動電腦車跟在副顧問羅醫生身後，然後點開伯伯的

X光——近端的肱骨似是被我一手撕開的錯印病歷，鋸齒狀的邊緣，稍為磨擦恐怕都疼痛難耐。在羅醫生讀著急症室醫生所寫的病歷後，在他鑽研完X光和電腦掃瞄影像，再為伯伯作簡單檢查時，我再將伯伯跌倒的故事轉述一次：「問到嘅就係咁多。」

羅醫生：「你啱啱嚟到骨科，問下你啲 basic 嘢呀，平時老人家 kick 親跌落地多數喺邊到骨折？」

「Hmmmm，多數一係 patpat 落地 hip fracture（股骨骨折），一係 Colles fracture？（前臂橈骨骨折）」醫學院教過，當清醒的人跌倒時，身體本能反應會伸出雙手支撐保護自己，因此我們有一個非常奇怪而我不懂發音的簡稱去形容這種常見的跌倒情況：FOOSH（Fall on outstretched hand）。FOOSH 時，最常見的骨折就是前臂橈骨，近手腕位置的 Colles fracture。

「嗯。咁你望多次呢張 X-ray，你覺得有幾大機會係佢自己仆親個膊頭，跌到咁斷開嘅骨折加甩骹呢？」我於反思之中沒有回答。

然後羅醫生將他想告訴我最重要的一句話輕輕放在半空中：

「This is elderly abuse, we just won't have the evidence.」

在他平淡的語氣之中，我可以聽得見，他腦海中有許多個關於過去病人的回憶在隱隱顫動。當他們的傷痕遇上醫者的經驗和知識，我們大約心中有數，眼前公公婆婆頗大機會是遭受粗暴對待（甚或乎虐待），遺憾我們總是沒有實質證據。「懷疑被虐」，雖然只是一個猜想，但這種殘忍，卻是一宗也太多。[17]

在驚呆之中，我繼續無言。羅醫生續說：「我估你琴晚淨係睇咗個髆頭啫？唔緊要嘅，不過你陣間幫我同佢搜下個身，睇清楚全身有冇邊到疼咗損咗。有嘅話全部寫返低。」

我被狠狠地提醒，我想要醫治的不只肩膊的骨折，還有身上各處逐漸散退的舊瘀血。如果可以，我想伸出雙手去捕捉每個遠因近因，為著每一個病人、每一次惹人生疑的「跌倒」。這或者並非我作為一個醫生的職責，卻是我作為一個人所感受到的呼召。

當然，除了偶爾出現的殘忍和粗暴，這個社會中亦有盡責而關愛的院舍職員，妥善照顧每一個院友，亦全力配合和協助醫護的治療。同一片白日之下，人永遠可以選擇善或惡。

17 容許我補充，這一個案例之所以引起我們的懷疑，是考慮到骨折的嚴重程度和各種臨床及影像檢查的綜合分析，當然不是每一個報稱在老人院跌倒後肩膊骨折的案例也要被懷疑是虐待案件。

多一事不如少一事

我必須叩問，為甚麼一個人會向如此無力的長者粗暴相待？

然後我望著四十五個病人、夜晚只剩下兩位護士的這個骨科病房，眼前的一切混亂與嘈雜，帶我重新反思。

年老又腦退化的病人，在骨科病房內為數不少。畢竟除了少數（懷疑）被虐的病人外，也有許多長者的確因為骨質疏鬆或行動不便而跌至受傷。因為骨傷的疼痛、被困病床的不適、陌生環境引致的不安，他們常常變得更加混亂及難以管控，部份病人發展成「譫妄症」，可能變得更加激動，對醫護人員輕則粗言穢語，重則拳腳相向。而在肩膊骨折這位伯伯入院一星期後，在某個混亂的夜晚中，我在同一個病房，聽見同事近乎失控厲聲呼喝著，而他眼前神智混亂的婆婆卻只有更失控。

我要愧疚地承認，當刻的我亦有著怯懦，我想過是否應該過去好言相勸撫平一下大家躁動的情緒，最後卻只有視若無睹轉身離開。當我心中只是想著「多一事不如少一事」，我亦不見得比較高尚。

我們都聽得太多「醫護好忙好大壓力好辛苦」之類的說辭，但其實一切辯解都不能為粗莽的行為開脫。

在我的寫作之中，我總是希望於陰暗之中提醒大家光明尚存，我盡力記載的善良，時常換來大家霎時感動的回饋——「多謝公立醫院仍然有良心醫護」，如此般的鼓勵留言，我都一一心領。凜冬之中圍爐取暖固然重要，然而我卻始終警醒自己，聲音永遠不能只剩下一種，我的寫作，不能變成一個離地的回音壁、一個自欺的誇誇群。當我打開 Threads，就會見到：「公立醫院嘅醫護係咪燥狂？」、「病房啲護士成日呼呼喝喝，當病人係犯定係狗？」、「上次個醫生講冇兩句就發脾氣走咗去唔肯再同我婆婆傾。」

正正因為於公院在地工作過好些年月，我才會錐心地知曉，這些悲憤控訴恐怕都真切而實在。我永遠在自省：原來我們每個人活在白日之下，每個人都可能日漸變成叫人驚愕的惡魔，我們親自證實了「路西法效應」的殘酷。

路西法

當我腦中泛起「路西法效應」這詞，我便彷彿循著時間線穿梭，飄過骨折伯伯身邊，與病房中的粗莽擦身而過，然後再被拋回二零一四年的夏末初秋。那是我中學生涯的最後一年，亦是香港催淚時代的序章。

九月最後一天，星期一，順著之前一晚 Facebook 上的號召，連平時總在鐘聲前五分鐘匆匆跑入校門的中六生們，都提早一小時起床。七時正，數百個學生自然而然站在校園的操場，沒有升國旗時的整齊隊列，心之所向卻井然有序。悲傷的靜默當中蘊藏著青春的躁動，那幾近是這群中學生所能展現出最暴烈又最溫柔的容貌——

至少在二零一四年如是。第一次，亦是唯一一次，是我們等待校長回校，然後我步入校長室，知會校長，我們將不會如常上課學中英數，命運已將更沉重的命題置於我們身前，急須我們去探問。

然後我們都來到禮堂，經歷一生人最重要的課堂。

我一直不明白，貴為社會科學博士的李 sir，為何會屈就在我們這家中學教木工。這天，他走出木工室，在禮堂上與我們談論「路西法效應」。他播放「史丹福監獄實驗」的紀錄片段與訪談，提醒我們，當普通人穿起制服、只著眼「執行職務」時，可以日漸磨滅本身的良知。當我們處於震撼之中時，他再以學術角度批判「史丹福監獄實驗」的缺失，教我們懷疑、求真。然後我們再從「史丹福監獄實驗」走到「BBC 監獄研究」，重新領會威權之下，永遠有堅毅反抗的可能。最後我們走到美軍虐待戰俘事件，再次緊記，殘酷的路西法暴行，於白日之下真實存在。

這是屬於我們一代的公民教育。

穿醫生袍的死亡天使

抱歉，我或者容讓回憶把視角拉得太遠，但正是這一切成長中無比重要的教育，讓我今日處於公立醫院時，仍永遠記得某些生而為人的基本原則，教我慎思慎言慎行。我不是獄卒亦不是警察，但作為一個醫生，仍然手握社會與專業交托的某些權力，於紛亂時代下仍務必自省。我始終記得，大學三年級的暑假，我站在波蘭奧斯威辛集中營遺址，聽導賞員述說曾經的人間煉獄，提到「死亡天使」Josef Mengele、Sigmund Rascher、Carl Vaernet 等納粹如何以醫生身份「執行職務」、虐殺無辜。[18] 那時我抬頭望著眼前，盡是陽光明媚，在青葱草地上，我回想著一百萬個靈魂曾經在同樣的藍天白雲下被這些「醫生」殺害。

你我都不知道戰爭何時會重臨、歷史又會否重演，又或者在最終的壓力下我又能堅守多少，唯願今日的筆墨，將老人院的虐待、一四年的課堂、與波蘭的陽光，一一寫入心的深處，再去迎接明天。

18 就只提冰山一角中的一例，Josef Mengele 曾經將 1500 對雙胞胎變成納粹的實驗品，透過割去身體組織、向脊椎或眼球注射化學物，嘗試將猶太人「改變」成日耳曼人，結果 3000 人中，不足 200 人存活。

西西弗斯另一種想像——蠅蛆病

MYIASIS

一分耕耘一分收獲

這個傍晚，我和骨科前輩張醫生匆匆吃著晚飯。我問張醫生，他為何在幾年前從也算搶手熱門的耳鼻喉科，把心一橫轉換跑道至骨科。

「你唔覺得做 Ortho 好有成功感咩？病人入嚟嘅時候斷咗條骨，行唔到之餘仲好痛。我哋快快手做個 ORIF[19]，佢就可以行返出院，正常生活，」

「或者換個骹咁，啲阿婆就由痛到行唔到變到行得走得。好易見到自己真係幫到人咁，係幾開心嘅。」張醫生將外賣盒中最後一舊肥叉燒吞進肚中，擦一下嘴邊，轉身離開辦公室，「我入住 OT[20] 先啦，我自己開住先都得，你食埋先入嚟啦。」

的確在大家眼中，骨科很多時候都是「快靚正」的一科。它不似普通外科，有好些無法痊癒的癌症病人，紓緩性的手術做得再完美，他們始終會每隔一個月因膽管炎復發或者腸阻塞而又再入院、似鬼魅陰魂不散地「返嚟搵我哋」。骨科中很多時候，一分耕耘一分收獲，當我們做到「結構上復位」、「力學上穩定」[21]，病人就可以健步如飛離開我們，從此不再「返嚟搵我哋」。

但凡事總有例外，就像這天我遇上的病人。

19 ORIF：即 open reduction and internal fixation，開放性復位及內固定，是最常見的骨折手術之一。

20 OT：即 operating theatre，手術室。在外科手術發展的最早期，著名醫生或教授施行手術時，公眾可以買票進場觀賞，因此手術室被稱作 Theatre，一直流傳至今。

21 即「anatomical reduction」和「absolute/relative stability」，是骨折治療四大原則其中兩項，另外也需要保存供血、以及盡早活動及復康。

甚麼原因也不重要了

George 的大名，我早在來到骨科之前已經聽聞過。他是這間醫院的老客仔，大約每隔兩個月就會入院一次，間中會因為肺炎或糖尿之類的問題去到內科，但最常入住的是骨科，因為他滿腳的蟲。對，就是蟲。

這種情況，醫學上叫做 Myiasis（蠅蛆病）。

George 的糖尿病病情控制很差。糖尿病人中，過高的糖份本身已經會削弱身體免疫力、滋長細菌增生、更容易患上各種感染、傷口也較難復原，然後糖尿病也會傷害足部的神經線，令足部感覺的能力受損，令病人無法察覺反覆的微小擦傷損傷。久而久之，反覆的損傷發炎感染會形成惡性循環，從皮膚肌肉到關節都會受損，以致兩腳變型。這為就是「糖尿腳」。[22]

嚴重的糖尿腳只是 George 的病情的第一步，畢竟我想 99% 的糖尿病人才不會有滿腳活生生的蟲。George 真正的問題在於他的居住環境，或者說，他所沒有的居住環境。

其實即使他來來回回入院幾十次，大家仍然不甚了解他到底住在甚麼鬼地方，主要有兩種說法。第一種說法比較簡單，說 George 就是一個無家者，破爛又惡臭的衣服中已經藏了他所有的家當，每個晚上他都躲藏無人找得到的城中暗角，有說是天橋底，有說是垃圾站旁的後巷。另一種說法更為駭人，說 George 好幾年前曾經跟醫護說過他有一個在唐樓的家。家中滿佈一屋的垃圾，滋生了一整屋的蜚蠊目、嚙齒目和唇足綱生物（我就這樣寫吧，為了各位讀者著想，太嘔心的畫面，也不用我繪形繪色吧）。而好幾年前曾經有社工安排清潔滅蟲公司上門為 George 清理，員工勇闖奮戰半日後敗退。家還未清潔好，George 卻已經大發雷霆，不滿外人打亂了他家，旁人眼中的垃圾山，在他眼中可是他所習慣的秩序。社工和清潔公

22 Trieb, K., *The Charcot foot: pathophysiology, diagnosis and classification.* Bone Joint J, 2016. **98-b**(9): p. 1155-9.

司也只好投降。醫生勸他不能再住在垃圾家中，他永遠支吾其詞。現在，我們猜想 George 應該是偶爾在街上睡，偶爾回家睡。我們搞不清楚，但也千萬不要去問他，我們可沒有人想惹他大發雷霆。

總之，醫學原因也好、心理原因也好、社會原因也好、經濟原因也好，這刻都不太重要了。我們只知要處理眼前的結果。

結果就是現在 George 的「雙腿」早已變成兩大團腐壞了一半的爛肉，有大量的蒼蠅幼蟲（蠅蛆）於上面快樂的寄生。當蟲太多時，他就會入院找我們，因為算是肌肉結構問題，就會被收入骨科。不過，如此惡劣的狀況，我們其實沒有辦法以手術為他根治問題，一來任何腳上的手術傷口必然不會復原，二來 George 帶住滿是蟲的雙腳其實還算能走動自如，感染也局限在腳上，他活得好好的，我們也總沒理由把他這雙腿完全切去。

於是每次入院，我們就是用醫生和護士的雙手幫他稍為除蟲，稍為清潔，稍為去除少量太腐爛的組織，視乎需要開一點抗生素，情況沒有太惡劣的話，可以捱過或者兩個月。

各自各的生存

我戴上兩層口罩，準備好迎接必然的臭味，再穿上黃色保護衣，跟住護士走到病房角落。George 的雙腿分別被兩層藍色無菌墊紙包著，放在一個大盤之中。盤中可以看見三四隻零落的幼蟲，跌落在 George 的腳邊游走。看著它們蠕動，我稍為作了一點熱身和心理準備。

「George，而家有冇咩唔舒服？」

「冇呀，太多蟲。」

我掀開墊紙，看見 George 的雙腿滿佈著幼蟲，為數大概幾百吧。對它們來說，這雙腿與腐肉無異，也只不過是另一個棲身與繁殖之所，在它們的生存之中，沒有多餘的心神去留意原來這個會動的移動城堡另有主人，一個活生生的人。它們永遠不會知道，這雙腿之所以成為它們的安居之所，只因有這麼一個人多年來都找不到他的安居之所，生活得比肉蟲更艱困。

話是這樣說，但 George 縱然雙腿紅腫腐爛，驟眼看下去也似是安然無恙，彷似如果數量不是實在「太多」，他也懶得去管身上的寄居客在噬咬或蠕動。原來，「習慣」這回事在人生中，可以很強大也很可怕，只要時間夠長，不應被接受的一切都可以在絕望中被習慣。我望著眼前的 George 與蟲群，大家各自活著，都只顧自己的，我當然也沒有興趣過問太多，在循例看過一眼後，就重新蓋上墊紙。

「你俾十五分鐘我，之後我哋入 procedure room 搞啦，」我和護士哥哥都值得一個小片刻的休息，才開始艱巨的工作吧，我如此想。

原諒我吧，也放過大家吧，「捉蟲蟲」的工作也不用我繪形繪色娓娓到來，那就是如你所想像般一樣嘔心，我們也只有咬緊牙關，把自己想像成是一個沒有感情或知覺的「捉蟲蟲」機器，暫時關掉腦內某些感知的能力。他是必定會再次因為一樣的問題入院的，這點我們都清楚不過，但希望這個下一次不要來得太快就好了。我是如此想著。

「搞唔掂，希望佢下次入返嚟嘅時候我已經離開咗骨科啦。」完結後，我洗了很久的手，如此跟共患難的護士手足說著。

「頂你啦，我就要一直係 Ortho 呀。下次唔好再係我收佢呀唔該。」

四張身份證

如此不停入院的病人也不只有George，像我幾日後又遇見的這個酗酒漢。他因為嚴重痛風發作入院。從床邊一看，他的手指像一串魚蛋，關節腫起了一個個大球。我們看一眼X光，X光上的手，指骨與指骨之間，原本是微微隔開的關節位，現在腫起了一個個灰白色的大圓球，像主題樂園中孩子手上一支支的棉花糖，棉花糖團中卻看不見有任何骨骼存在，都盡被發炎組織蠶食掉了。患如此嚴重的痛風，他卻始終不願戒酒。

「你都飲得幾勁下喎，兩年前有人寫你一日飲七大支啤酒？今年呢，今年飲幾多呀？」

「四張身份證！」他大聲回答。

「乜嘢呀？咩叫四張身份證呀？」

「你問我今年飲成點呀嘛！我飲得多就唔見身份證㗎啦，今年唔見咗四張！」他自豪地笑著。

這真是一個荒謬絕倫的對話，我回想起寫出來也覺得難以置信。但這卻是千真萬確，畢竟用這麼荒謬的度量衡去量化飲酒的程度，我再有創意也永遠不會創作得到。

我看著他紅腫發炎流膿的關節，知道當中已經積累了太多太多，不只是尿酸或者膿菌，還有啤酒溶解不了的各種哀愁，也有抗生素醫治不了的失序失控。

快樂的巨石

所以，前輩張醫生所說的也不全然是事實，骨科也不是把手術做好，醫好病人，從此不再再見。我們還是要做一個西西弗斯，不停費勁把巨石推上山，然後看巨石又再重新滾到山腳，讓我們從頭重覆看似徒勞的工作。

卡繆建議我們，必須要想像西西弗斯是快樂的。而作為醫生，我們在推的這些巨石，他們都是活生生的人，所以我們可以如此想像，巨石們縱使終會再次滾落，但因為我們的努力，至少在我們推他一把的這天，巨石或會因為我們而舒適或快樂一點。

縱使我其實不知這個想像，到底是不是真的。

西西弗斯必須想像巨石是快樂的。

第 2.5 年——心胸肺外科

二零二四年一月一日

短短幾個月骨科工作中的確沒有太多驚天動地的故事。除了偶一為之的嚴重創傷病人，會有比較震撼的血肉畫面外，許多的日子都在重重覆覆的腰背痛、膝頭痛、軟組織發炎、手腕或股骨折之中輪迴。可以說，實在的骨科將我從離地的想像中拉回來，做一個腳踏實地的小醫生小齒輪，學習去感受看著病人自己拿著拐杖行出院，這一份微小但確實的幸福。

但時候一久了，我卻看清更多。

前輩叫我們緊記，大量研究證據指出，髖骨折病人能否於 48 小時內接受手術，盡快復元，對他們的生存率以及生活質素有顯著影響。[23] 不過，在骨科一段時間後，我知道不同醫院內骨折手術等候時間可以有顯著差別。這不因為某些醫生懶惰或技術不精。畢竟，最簡單的股骨固定術，初級醫生如我也可以順利完成，即使不及大國手做得快靚正，應該也相去不太遠。影響手術效果的，永遠是手術刀不能觸及的因素——是醫院資源、配套、制度。再厲害的「獅心鷹眼淑女手」，也不能改變醫院沒有手術室可用的現實，病人還是只能臥床苦等，慢慢轉差。

我帶著這份無力感離開骨科的血肉，走到初級外科訓練的最後一站，充滿驚人生死的心胸肺外科。

---

23 Klestil, T., et al., *Impact of timing of surgery in elderly hip fracture patients: a systematic review and meta-analysis.* Sci Rep, 2018. **8**(1): p. 13933.

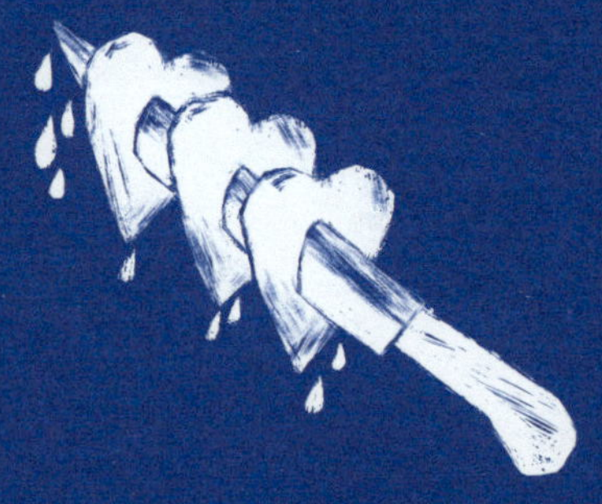

三種痛的排序——穿透性胸腔創傷

PENETRATING THORACIC TRAUMA

無用的小黃丸

你上一次徹夜失眠是多久以前？是一年前，或是昨日？

曾經歷過無眠夜的我們，都總會記得那種感覺，身體並非不疲倦，但腦海內卻有無數灰黑色的漩渦，不願停止翻滾。我們於清醒的躺平中，才知道漆黑天花板不過是堆積的烏雲，一陣陣驟雨，傾瀉出混雜憂鬱與焦慮的疲憊，重重落到我們身上，是我們蓋過最厚的一張棉被。

在某些夢想破滅的哀愁年月，當我尚有少許行動力時，會躡手躡腳把身體拖到客廳，在微黃燈光中吞下抗敏感的小黃丸（Piriton／Chlorpheniramine），奢想抗組織胺的副作用可以贈我入眠的可能，再回到一床的倦怠中。十居其九，藥丸吃下去卻只是一顆無味的糖，注定失眠的夜還是要失眠。所以，我還是要奉勸大家一句，大家千萬不要自己亂服藥，嘗試自醫的我，畢竟是一個持牌醫生，才敢將藥丸吞下。

我只想告訴你，如果你亦曾如此煎熬過，不用怕，我們都如此捱過或捱著。

無用的笨二氮平

失眠的夜晚，是世界容許我隨時進睡，但身體不容許；值班的夜晚，是身體容許我隨時進睡，但世界不容許；有點不同，但同樣是難捱的時光。這夜凌晨三時十二分，我在手術室床邊凝望著和我一樣此夜注定無眠的K先生。

睏意之中，我試著擠出一個最和藹的語氣，背出一貫台詞：

「我會幫你打局部麻醉同打啲瞓覺藥，你合埋眼休息下試下瞓著得㗎啦。」

K：「醫生你幫我打多啲瞓覺藥呀。」

我：「唔使擔心我打多少少俾你。如果真係痛就出聲，我再幫你加藥。」

「瞓覺藥」有很多種。當病人在病房環境內難以進睡，我可能會先試剛才提及的 Piriton 小黃丸，或者有醫生會嘗試 Melatonin（褪黑激素，一種調節生理時鐘的荷爾蒙）。而當這些藥物都無效時，我們可以進一步使用 Zopiclone 等 Z-drugs。[24] 而做局部麻醉小手術時，我們就會用上再更強的催眠藥，「笨二氮平類鎮靜劑（Benzodiazepines，簡稱 Benzo 或者 BZD）」。其中一種 BZD 是我正為K先生注射的 Midazolam，一般來說只需要幾毫克劑量，就可以令本身完全清醒的人在短短幾分鐘內變成完全熟睡，呼出一個個深沉的鼻鼾。

K先生是一個健壯的中年男子，我直接注射偏高劑量，五毫克的 Midazolam。他胸口上約莫五厘米長的刀傷隱隱滲血，要為他縫合傷口再插置胸腔引流管，恐怕也挺痛的。我勞煩護士拿來混入腎上腺素的局部麻醉藥，好讓我可以給予他更大劑量的麻醉止痛。

這個刀傷，不是「劈友」而來，而是K先生自己在辦公室內執起剪刀一刀插進左胸。不知道是幸運或不幸，刀傷就停在肌肉層最深處，離心臟就那三厘米。

究竟哪一樣最痛？被我以手術鉗撐破肌肉插置引流，還是他自插一刀的瞬間，還是最痛的，始終是迫使他自殘的困憂？我沒有問K先生答案，畢竟醫生也習慣不問與治療無關的事。因此，我至今仍不知道三種痛的排序，我只知道，三種痛苦他都全然盡有。

在我的無謂思索中，五分鐘過去了，K先生仍然睜大雙眼望著我，眼神縱然一直迷茫，但當中卻不帶睡意，彷彿我剛才注射的是生理鹽水而非催眠藥。

「醫生，我都話你要打多啲俾我㗎啦，」我看著電子病歷中，列明精神科醫生為K

---

24 Z-drugs：一系列以Z字開首為名的安眠藥，效能上類似笨二氮平類鎮靜劑，但在化學結構上有明顯分別。

先生處方的兩種鎮靜劑／安眠藥，每晚服用，然後再從護士手上的藥瓶中多抽出兩毫升 Midazolam。

「醫生呀，如果你真係整到我瞓到覺就好啦，」

「我三個月冇瞓過覺啦。」

原來烏雲不止堆積在無眠夜的天花上，更如撲火的燈蛾緊緊摟在K先生下垂的眼皮。兩團抑鬱的黑眼圈正勾起我一切關於失眠的回憶，但我亦不知道，長達三個月的失眠會是何等煎熬。

我小心翼翼地一毫克、兩毫克地增加劑量，到了平時罕有用到的十毫克，他仍然清醒，但至少多一點安定少一點焦慮。再加藥量下去恐怕隨時出現影響呼吸心跳的副作用，我只好「天下武功唯快不破」，在K先生仍然清醒、仍然會有一點點痛的情況下，用最快速度完成傷口縫合和插引流。每一下落針，我當然聽得見K先生疼痛中的呼喊，但我只能鐵下心腸，他只能咬緊牙關，一樣捱下去撐過去。在這深夜之中，我沒有探問K先生因何事自殘。我只是希望小手術過後，疲累或者能贈他半晚安睡，就讓我們今夜不談困憂，偷三個小時的寧靜。

第二天，我讀著精神科醫生所寫的問診紀錄。K先生的公司於疫情期間生意一沉不起，至今仍欠債千萬，而他最大困擾，是對太太和兩位仍然求學中的女兒的愧疚。一年前的今天，他已經試過一刀插進腹腔，當時傷得比較深，需要緊急全身麻醉開肚手術，住院一個月。一星期前，他才剛到精神科覆診，紀錄上寫著「Not suicidal」。或者，他的某種堅強，令他也可以是一個很好的演員。我想，受情緒病困擾的我們或他們，仍然善良而倔強的心中，往往都不想自己的重擔，變成其他人的重擔吧。

「佢每年都捅自己一次㗎喎，咁又要入院又要做手術，搞事咩？」這一句話，不論有沒有說出口，我都知道總會是某些人的心中的想法。站在道德高地上批判，或者可以說它涼薄，但事實上，我們亦無法完全否認，情緒病所帶來的創傷，自殘所帶來的後遺，總是會牽連到旁人，縱使這不是任何人的錯。

然後我在思索，關於自殘與自殺。

你的死亡，不發生在你身上

在香港談論自殺，往往跌入一種二元的論調，有時太苛責，有時太包容。

第一種論調，是過份苛責自殺的人。

例如說，「而家啲後生真係唔捱得」。又或者幾個月前，能仁專上學院文學院院長兼「生命教育中心」主任謝向榮在新聞發布會中，面對香港學童輕生潮，指「如果你會諗多少少社會責任、家長期望，你走咗之後屋企人會點，其他人會點……你已經語會做傻事了」。理所當然地，這番說話在不少人耳中，是怪責受害者，是過於涼薄，引起強烈反彈。

謝主任固然是失言，但我亦能夠略為理解他所想表達的立場。我又想起腦外科之中，那位輕生的爸爸，我望著兩位小孩的畫作，想到無辜的他們可能未來一生都要活在至親輕生的陰影，要用十年、廿年，甚或更長時間去治療創傷。

我想起一首歌，英國樂隊 The 1975 的〈I Always Wanna Die Sometimes〉：

> *"But your death it won't happen to you / It happens to your family and your friends"*

「你的死亡，不發生在你身上；卻發生在家人和朋友身上。」

另一個人的痛楚，要轉由他們去承受，又是否過於不公平呢？

但當這曲的樂尾餘音散盡後，我腦中又會自然響起張國榮的《玻璃之情》：

「如果你太累，及時地道別沒有罪。」

林夕的詞作，帶我們來到第二種常見論調：

這種論調許多時候是第一種論調的反作用力，當有人涼薄之時，有同理心的我們，就會爭相出來守護本已傷痕累累的輕生者。我們說，我們必要理解或明白他們輕生的決定。這種論調強調輕生者於生命中所面對的痛楚，必定是大得我們無法想像，當活著只有痛苦，當活著失去意義，選擇了結自己生命的決定，我們應予以尊重。

然後我們又讀到作家瓊瑤的遺書：

「我不想聽天由命，不想慢慢枯萎凋零，我想為這最後的大事『作主』。」

「我擺脫了逐漸讓我痛苦的軀殼，『翩然』的化為雪花飛去了！」

在瓊瑤如詩的遺書中，我們更加相信這種調論。

於是每當有自殺新聞時，我們留下祝福，我們為他脫離痛苦而安慰，我們勸其他人更積極地去看待輕生這回事，以及生命的終結。我亦差點想如此書寫，但心中總有戚戚焉，我始終擔心，如此的調論，會否一不小心過了界，變成歌頌自殺、美化自殺、貶低生命、甚至最可怕的是，會否令到某些少年更加容易選擇踏上不歸路？

想到此處，我既不願苛責受害者、亦不敢過於正面去寫敍輕生，然後陷進死結之中。

比 ChatGPT 更無主見的存在

當我們在 Facebook 看新聞時，當我們在網上論壇讀著別人討論時，當我們是一個 Instagram Page 的小編或作家時，我們往往急於為每件事煉製一份「我的看法」。畢竟，人工智慧的 ChatGPT 尚且可以為我們寫出一篇有見解的新聞分析。生而為人，我們又怎可能無感呢？

但當我是一個醫生時，我被訓練成一個永遠的旁觀者——黑社會劈友受傷，未成年少女雜交惹性病，癮君子吸毒過量昏厥，我記得這一切中的對錯都永遠永遠與我無關。我早就戒絕不必要的負面偏見，不單如此，同樣地，我早已學會連正面的情感都要抽離——我們總不可以說眼前的病人是我最尊敬的達官貴人，就予以更佳的待遇，讓更星級的手術團隊為他開刀。

作為一個醫生，我們可以成為比 ChatGPT 更無主見的存在，只因旁人的生命，從來不由得我置喙。

我發現同樣地，面對自殺的新聞，我們固然無資格去苛責，但其實，他們亦從來完全不需要我們的所謂「理解」、「明白」、「接受」、「體諒」、「祝福」，即便是帶著善意出發。自殺，終究是最為個人而私密的一個抉擇，要將一個人的生命劃上句號，背後的因果，可能是一生經歷的總和。我們作為旁人，從來不可能真正明瞭。這個抉擇是否「合理」、是否「值得體諒」，我們不能置否，但亦輪不到我們置可。既然輕生者決定將自己解脫於這個現世，我們最大的尊重就是容讓他們免受於在世人一切的是非對錯批判。

就讓他們自由翱翔天際吧。就讓他們遠飛遠離紛擾的七嘴八舌吧。就讓他們回歸平靜吧。就讓我們，在欲說時請還休吧。我想，這也許才是真正的理解。

或許有人會在問，但我們始終是人不是豬，讀著新聞，總不能水過鴨背就罷休吧？

我想，面對自殺潮的新聞，我們仍然應該有很多立場很多看法。但這一切可以遠離逝者本身，改為以仍然活著的現世社會、或以自身為對象。我們可以不談逝者，但我們要繼續以每一個機會作反思，社會上對情緒困擾的支援是否足夠、我們自己日常生活中有沒有製造一個令精神病患羞於求醫的氣候、我自己又有沒有好好關心身邊每一個壓力爆煲的相識？

就如醫者對自己永遠的叮囑：這一位他，已經離開；但我，仍然可以為下一位他做得更好。

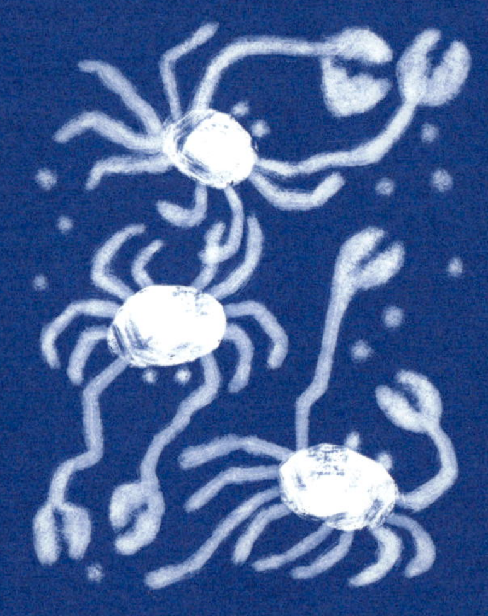

八隻蟹足亂舞——肺癌

LUNG CANCER

盲中中

我心胸外科每日的門診之中，每次我替肺癌病人排期做手術的時候，我千篇一律的說法都是：

「我哋儘快安排啦，不過你都要明白，公立醫院咁多病人始終都要排隊都要等，你預大約三個月啦，不過有時好難預計，突然好多新病人，長過三個月都有機會……」

在此容許我先說句感謝，大部份病人同親屬都十分明白事理，即使焦急如焚，對於公立醫院中的局限都予以理解。還是其實這是因為公立醫院輪候時間超長這個概念早已臭名遠播深人民心，令人沒有期望沒有失望呢？

對話接下來的走勢十居其九都會是如此：

「咁佢係等緊呢幾個月個 cancer 會唔會大咗呀、擴散咗咁㗎？」

就像腦外科之中，問我會否有奇蹟的親屬一樣，我心中明暸，這個問題也不是真正的問題。大家作為成年人，常識已經告訴我們，一個 cancer，必然有可能會變大會擴散。輪候時間稍為過長，之後的我們絕對有機會永遠追不回錯失的時間——這一點，你我他都知道。病人問這個問題，不過想求一個安慰，想聽一句「唔會嘅放心」。可惜，大多時候我實在說不出口，畢竟我深知，這是一個我無法百份百信守的諾言。

這幾年的工作，經歷過好幾次如此的故事：

術前會議時，整個團隊都會重新再看一次每個病人的電腦掃瞄影像，審視腫瘤的大小、位置、手術計劃等等。

「咦，呢個CT成半年前㗎啦喎，冇新啲㗎？」

「冇呀，呢個病人排耐咗呀。」

「佢嗰時等搵放射科做抽針取樣又等咗陣，攞唔到組織之後排期做氣管鏡抽針又等咗陣，之後就等心臟科幫佢做手術前評估又等咗陣，等下等下就半年啦。」

「咁上次門診見佢時候我哋有冇叫佢 update 下，做個新啲嘅CT呀！」

「Book 就 book 咗嘅，不過個CT期都要等多成個半月後，病人又話冇錢出私家照。而家再拖再等得嚟，不如快啲入去做咗佢算啦。」

「Hmmmm……舊嘢都大大地㗎喎……」

然後討論就會停在此處，剩下十秒左右的靜默；大家都心知肚明，國際指引明確指出肺癌手術前應要有六十日內的掃瞄影像輔助手術計劃。[25] 靠一個半年前的掃瞄去開刀，恐怕似是拿著十年前的地鐵路線圖去找啟德主場館，搭不上屯馬線，也去不了宋皇臺，盲中中的，靠運氣。不過，也沒有誰能提出更好的建議，於是我們總是在靜默之中接受這份「盲中中」。

蟹 / Karkinos

一個小問題：Cancer，其實是甚麼意思？

為甚麼癌症叫 Cancer，十二星座中的巨蟹座也叫 Cancer？

25 Riely, G.J., et al., *Non-Small Cell Lung Cancer, Version 4.2024, NCCN Clinical Practice Guidelines in Oncology.* J Natl Compr Canc Netw, 2024. **22**(4): p. 249-274.

Cancer 的字源自於古代拉丁文中的 Karkinos，是蟹的意思。皆因癌症最大特色就是不受控制的生長，不單止變大，更會入侵周邊其他器官，在病理學醫生充滿想像力的眼中，形似八腳蟹足亂伸，因而得名。

而在某些不常見的不幸日子中，當我們為「拖得耐咗」的病人做手術，全身麻醉後、落刀開咗傷口後，就會親眼目見何謂魔爪亂舞，就會再一次被提醒，Cancer 為何叫 Cancer。

如果肺癌這巨蟹，有八隻蟹足，有一隻可以伸進主動脈，有一隻可以抓著心包膜，有一隻咬在橫隔膜上，有一隻鑽進胸腔牆壁內；在胸腔的中央，我們或者找到第五足在縱隔之上、第六足在膈神經線上；我們再把胸腔鏡的鏡頭扭向後方，又或會望見，食道上的第七隻蟹足，脊椎上的第八隻蟹足。在癌症面前，差不多算是眾生平等，只要治療拖延得夠久，差不多任何組織或器官都可以遭受殘害。

比起蟹足亂舞更差的情況是，甫把鏡頭放進胸腔，就看見積存一池的胸腔積水，或是外胸膜上好幾團分散的肉白組織。我們會將積水和組織採樣，送往初步化驗，然後半小時後，我們就會收到我們早已心中有數的答案：擴散轉移的癌症。

就這樣，我們再一次被提醒，為何 Cancer 被視為百病之最。

無法完成的手術

容我稍為解釋，癌症手術困難之處。

大部份時候，癌症手術的基本原則需要我們完全切除腫瘤。手術是否「成功切清腫瘤」，亦有細分所謂「R1」和「R0」。R1 指外科醫生以及負責分析手術標本的病理學醫生，看不見任何肉眼可見的腫瘤殘留，即「宏觀上」Macroscopically 完全切除。而 R0，則指病理學醫生用顯微鏡詳盡檢查之下，切出的標本邊緣（Resection margin）沒有任何癌細胞觸碰痕跡。

如果可以的話，拿著手術刀的我們，總是要追求 R0 Resection。因為只有僅僅一個癌細胞殘留，也可以如星火燎原，短時間內急速生長，結果也許很快就形同沒有做過手術一樣。這就讓病人白白承受手術的創傷與風險，得不償失。而在手術室入面，我們的雙眼中沒有顯微鏡，要做到 R0 resection，只能在切清肉眼可見的所有腫瘤之外，再周圍多切除看上去是正常的組織，我們稱之為 Resection margin，而這個 margin 所需的大小，視乎不同癌症或器官而有所分別，可能是一厘米、亦可能要十厘米才安全。

而當我們開刀後，親眼看見腫瘤比較大，或者早已兵臨城下，眾多蟹足迫近甚至緊咬我們不可傷及的大血管／神經線／重要器官時，要切清腫瘤（甚或加上 margin），難度隨即以幾何級數上升。這時候就考驗我們常說的「Judgement call」，需要仗賴醫生的經驗、智慧及技術，判斷是否「搏得過」。如果確實風險過高、成功切除機率太低，我們可能被迫放棄繼續手術，看著眼前腫瘤繼續肆虐，卻無可奈可。我們只能先求安全，日後再安排病人改為接受非手術治療方案，例如電療化療等第二線選擇。

這種情況，是為之 open and close，開完手術切口，之後就將它關上，腫瘤繼續原封不動。這無論對於病人或醫生，都必然會失望可惜，但亦是沒有辦法下的辦法。

我們會再一次悲憤，為何我們總不能再為病人做好一點，再一次要肩負最不想面對的苦差——對醫生來說，最辛苦的，不是十個小時不吃不喝，而是要站在手術室門外向親人解釋「我哋盡咗力，但係我哋幫唔到佢」。

爆破、衝擊波

我們常常聽人說，在公立醫院求醫就是得個等字。事實上，其實要等多久先有得醫？翻閱醫管局的 KPI (Key Performance Index) 報告第 64 版，統計 2023 年 10 月至 2024 年 9 月，有以下數據：

確診鼻咽癌後，有 10 %病人需要等候超過 69 日才可以開始接受治療。

確診乳房癌後，有 10 %病人需要等候超過 82 日才可以開始接受治療。

確診大腸癌後，有 10 %病人需要等候超過 98 日才可以開始接受治療。

和美國作比較，絕大部份 65 歲以上美國公民都受聯邦政府 MediCare 保障，而受 Medicare 保障的大腸癌病人，只需 13 日就可以接受治療。[26] 我們的醫療制度，卻要一部份確診癌症的病人，任由腫瘤滋生兩三個月。

乳癌，研究估計，大約五個半月，就會變大一倍。[27]

大腸癌，研究估計，每兩個月，腫瘤會變大 34 %。[28]

而根據 Delislie et al. 針對大腸癌的研究，發現等候治療時間較長（中位數 54 日）、或者非常長（中位數 61日）的病人，比起確診後馬上接受治療的病人，死亡風險高出大約 25 %（$p < .01$）。[29]

這一切的等候和延遲，代價是生命。

26 Pruitt, S.L., et al., *Do diagnostic and treatment delays for colorectal cancer increase risk of death?* Cancer Causes Control, 2013. **24**(5): p. 961-77.

27 MacInnes, E.G., et al., *Radiological audit of interval breast cancers: Estimation of tumour growth rates*. Breast, 2020. **51**: p. 114-119.

28 Burke, J.R., et al., *Tumour growth rate of carcinoma of the colon and rectum: retrospective cohort study*. BJS Open, 2020. **4**(6): p. 1200-7.

29 Delisle, M., et al., *The Association Between Wait Times for Colorectal Cancer Treatment and Health Care Costs: A Population-Based Analysis*. Dis Colon Rectum, 2020. **63**(2): p. 160-171.

我實在討厭那一種，我們就是來遲了一步的不甘，就是兩年前我還是實習醫生時遇上的那一種。在那一場「白袍禮」，我永遠的，第一個死去的病人，等不到動脈瘤手術，就在手術預定時間前兩小時死去的黃伯。就在好幾次遲到的手術，好幾個無法切除的腫瘤過後，我重新想起了黃伯。

原來，這世間所有的爆破，都伴隨著於宇宙之中回盪的衝擊波。兩年半前，黃伯胸中的主動脈瘤爆破之時，早已掀起了一陣又一陣的衝擊波，在時空中回盪三十個月後，今日再一次打落我身上，動搖到心中的一份心安理得。

香港人有一句話，說「有啲嘢整定嘅」。而醫生每天面對生離死別，明白到再先進的醫療科技、再鬼斧神工的刀法，在生死天意面前同樣渺小卑微。病人失救，當我們知道自己已經盡力，往往也會說一句「有啲嘢整定嘅」，或者就可以為自己拾回一份心安理得、赦免自己的罪疚感，讓我們抬起頭行落去繼續為下一位盡力，為病人與命運纏鬥。

不過，當兩年前每一下的心外壓重新出現於我眼前，當血紅的瀑布重新在我面前傾注，我不禁重新去想，究竟這一切的錯失，有多少是「整定嘅」，又有多少是人為「整出嚟」的呢？

兩年半前，我在想作為外科醫生，如果我們可以更加優秀，如果我們可以更加打得、捱得，「鷹眼獅心淑女手」也好，「鐵腳馬眼神仙肚」也好，或者就可以追上一切錯失的時間，或者就可以不再遲到。但這兩年的外科訓練，不論是普通外科、骨科、腦外科、或心胸外科，我在每一團隊中都見識到手術技藝高超、落刀快狠準的大前輩。他們都已經日以繼夜、夜以繼日，將一生奉獻給醫院和病人，但我們還是離理想，差得太遠。如果我們只是如此細小的齒輪，我們拼命地運轉，又會否只是滴進黑海的一點清水，埋沒在黑暗之中？

我只是知道，為著我想要不再愧對的黃伯和這城中的每一個香港病人，我想要做得更多。而這亦不只是一個醫生的使命，這是一個人的使命。

走數的五十萬——急性二尖心瓣倒流

ACUTE MITRAL REGURGITATION

神聖主教帽的破損

「係咪 CTS（Cardiothoracic Surgery，心胸外科）呀，我係 medical 嘅 K 醫生，我哋而家係八北病房有個 acute severe MR，而家 decompensate cardiogenic shock（心源性休克）緊，就嚟插喉喋啦，想請你過嚟睇呀。」

一句惡夢般的開場白，迫使剛買完晚餐的我，左手一碗外賣肉燥米粉、右手一杯凍咖啡，第一時間連行帶跑趕到內科病房。

「小姐你好呀！我係H醫生呀！你叫咩名呀講嚟聽下？」

忙亂病房之中，我以近乎呼叫的聲浪問我眼前這位女士。焦急，因為種種數字從眼角四邊攝入急轉的腦海，100% 的純氧，跌至 84 的血壓，加速至 128 的心跳。但她沒有反應，只是紊亂地搖頭。

「要講國語呀醫生，佢係台灣人，啱啱上星期先嚟香港旅行。」

病人來到香港不久後已經開始發燒，而經由白車送到急症室時，血壓已經開始飄忽不穩。內科心臟科同事馬上安排心臟超聲波檢查，照出嚴重二尖心瓣倒流，估計是因細菌感染，嚴重心內膜炎引致心瓣損壞。

二尖心瓣，讀書時期，我們都只知道它英文名叫 mitral valve，我也從來不知道 mitral 這個字何許意思。原來 mitral，又是來自於拉丁文的 mitre，而 mitre，是樞機主教頭頂上兩片三角尖型的帽子。就是十七世紀的某些解剖學家，認為左心室與左心房間這片二尖心瓣，長得甚似主教帽，從此它就是 mitral 了。

Janice 也許永遠不會是一名樞機主教，但她心中這頂主教法冠，今日卻遭受細菌沾染破壞，於是血液循環的崩塌彷如聖母院大火一般，一發不可收拾。高濃度的強心藥已經支援不了她的血壓，而她已經喘不過氣來，麻醉科醫生已經在為她插喉。

我將如此危重的情況如實告知 Janice 的丈夫，然後再逐一簡述手術可能的風險：腦中風或脊椎缺血後癱瘓、呼吸衰竭後需造氣管切口、腎衰竭後長期洗腎，也提及手術過後可能需要長期留醫深切治療部，復原可能漫長而煎熬。

丈夫將我苦澀的話一一嚥下，「醫生，這些我都明白，但我只是想你告訴我，告訴我她不會就這樣在今天死掉吧。可以嗎？拜託你了。」

順著他眼角淚光的反照，我看得到這一個請求縱是如此卑微，當中卻承載著無限悲慟。如此沉重的情感，即使行醫數年後亦未能麻木得一口將之吞下。於是我任由手術室門前的大氣陷入五秒的靜默，讓情感於寂靜中稍為飄散，然後再緩緩回答：

「坦白說，Janice 這樣的情況風險實在很大。」

「很抱歉我不能夠說她不會就這樣在今天死掉吧。但請相信我，我們會盡力做我們能做的醫好她。」

然後當我們步入手術室之時，Janice 丈夫雙手緊握著，眉頭緊鎖著。

我也不知道，他是否一個有信仰的人；我也不知道，他是否在虔誠祈禱著；我也不知道，上帝會否聽到他的哀求，讓 Janice 在主教帽破損過後，奇蹟仍然降臨在她身上。

或者，上帝聽得到了。

接下來的兩個月，我當日所說的話大約應驗了一半。

腦損傷：輕微腦出血，無須開刀，瘀血在兩星期後開始自行消散，沒有癱瘓。

呼吸衰竭：維持插喉以呼吸機輔助十日後，她終於能自主呼吸，避過被我們「剮頸」[30]。

腎衰竭：同樣是術後的數天需要短暫洗腎，及後成功復原。

漫長而煎熬：在深切治療部住了幾星期，術後聲帶疲弱有一個月無法進食，整整住院兩個月才出院，總不會是好受的。

但她終究在丈夫的攙扶下，憑著自己雙腿，一步一步走出醫院了，緩慢，但腳踏實地。

欠債還錢天經地義

一個星期後，傍晚六時半，門診又再一次超時，枱上剩下最後三位病人排版，我再一次見到 Janice 的名字。我因此而欣喜，因為可以重遇自己有份操刀的病人，出院後健康精神的容貌，往往是過勞工作之中一點鼓勵。

可惜，五分鐘後，林姑娘走進來收走 Janice 的排版：「H醫生，呢個病人今日唔睇得呀！」

護士解釋說：「原來佢仲爭緊 HA 五十幾萬，同埋今日叫佢俾 OPD（Outpatient Department，門診部）費用要一千蚊，佢都話俾唔到呀！你睇下係咪可以 Case close 咗佢，唔再俾覆診期佢呀。」

然後她問了一個我答不到的問題：「乜而家香港地真係咁好㗎？幾十萬喎！都真係由得人拖唔使俾錢都得嘅？又話欠債還錢天經地義嘅？」

30 「剸頸」：即 Tracheostomy，氣管造口。當病人常時間需要呼吸機支援時，我們便可能建議於頸上開刀，做一個切口，直接從頸的喉管呼吸，不經口腔等上呼吸道，加速肺部復原。

我沒有回答林姑娘的問題，只是從她手上重新拿回排版：「你幫我同佢講聲，叫佢喺出面等我啦。呀，同埋你暫時留低個排版喺到啦，我轉頭俾返你。」

言而有信的人

大部份日子，如果接近夜晚七點先看完門診，我都會以近乎奪門而出的速度離開，畢竟往往病房尚有事務要處理，而我，只希望八點前能放工。不過今日，當我睇完門診最後兩位病人，坐在原位的我，於電腦系統中輸入 Janice 的檔案編號。游標按下「Medical Report」，我打開枱上排版。平時厭惡文書工作的我，如今從第一頁開始整理她的病情，於醫療報告中紀錄 Janice 手術情況、電腦掃瞄、化驗報告；住院期間無意發現的乳房腫塊，我亦拒絕遺漏。

空蕩的門診部等候區現已只剩下 Janice 一人，我簡單問她數句，確定她復原應該無大問題，然後將寫好醫療報告及轉介信交予 Janice。我直言，香港公立醫院確實不可能再為她覆診跟進，但我希望我所寫的，能夠幫助讓她順利轉接台灣醫生繼續治療。Janice 今日的血壓偏高，即使今日我不能為她出處方，讓她到藥房取藥，但我亦能夠一字一筆在A4白紙上寫下我個人如何建議她如何調節藥物，或到私人藥房買藥。

「真的很謝謝你喔，H醫師。要說對不起的是我才對，你們已經救了一我命，只是我現在是真的拿不出那麼多錢。我這兩天感覺好一點了，也很快會回台灣了。謝謝你們。」

在林姑娘一句「係咪可以 case close 唔使覆診」的影子之中，我無從得知，三分鐘後，當 Janice 步出B座6樓門診部後，她的病情之後會否得到適切治理。

當然，香港醫管局的資源不能用來照亮世間每道陰影，但我終究作為一個醫生，為著「我嘅病人」，為著我在病人身上縫過的一針一線，仍然可以用某個傍晚的二十分鐘，於陰影點一抹微弱燭光。

「我不能夠說她不會就這樣在今天死掉吧。但請相信我，我們會盡力做我們能做的醫好她。」這一次我總算是言而有信。

香港地

走筆至此，如果你和我同樣覺得這個故事似曾相識，大概是因為我們都想起了Layno的外傭故事，兩個並非「香港人」的故事。

關於「香港人」的公共醫療問題，從某種意義來說，是非常簡單——香港政府、香港醫管局、香港醫護，必然肩負守護「香港人」健康的責任，容不下多少爭辯空間。大部份問題，不過是「如何去做」的技術問題、而非「應否去做」的原則問題。因此，我們應該慶幸，「非香港人」的病人提供我們一個契機讓我們重新反思，我們希望香港有一個如何的醫療制度，以及我希望自己是一個如何的醫生。

而我們眼前，Layno 和 Janice 的故事相似卻不盡相同。

Layno 和其他外藉傭工雖然不是「黃皮膚」、雖然不說不寫中文，但幾年甚至十幾廿年生活與貢獻，她們對於香港，絕對多於一個過客，甚至乎有人視她們為「半個香港人」、「香港人」也不過份。因此，面對她們的不幸，我相信是社會制度未盡理想，相信香港作為一個發達城市，要為她們帶來更大保障，而我為她所書寫的文字，但求以半兩微力，鼓勵香港城中掌握資源或權力的諸位，可以為她們多走半步。

而 Janice 雖然寫中文、講國話，但對於香港來說，卻確實只是一個過客。就算再大愛的人，都明白香港的公營醫療，始終不能無償繼續支援她的醫療，始終要為納稅人去向她追討尚欠的五十萬。畢竟，她偏偏在身處異地的短短數日間病發，實屬命運的不幸，她的求醫過程要比一般人來得顛簸，亦不能怪罪於香港制度。因此於理之上，我固然可以停在此處，取消 Janice 今日和往後的所有診期，亦無責任到門診等候區去見她、無責任為她接下來的求診之旅去寫轉介寫報告，可以早二十分鐘放工回家。但今日她的存在，驅使我和提醒我，作為一個醫生，有時我可以，或者是需要，用一己少少的努力，走得比制度更遠。

當林姑娘問：「乜而家香港地咁好㗎咩？」

我心入面想的是，我始終相信、始終希望，香港永遠不會變成一個要先見錢後救人的地方，而我的診室之中及門前，就由我緊守這半呎土地，讓她繼續是「咁好嘅香港地」。

第3年——醫院之外

二零二四年六月三十日

「你的生命變革是怎樣的一段故事?」

在這三年間，在這十一個和更多的故事之中，我對「醫生」或者「香港醫生」這個身份的理解每一天都在轉變。在某幾個月，我心中的想像會向著同一個方向走，想著我就這麼安分守己，醫好眼前每一個病人已經於心無愧；但另外幾個月，我又會有另一種不甘，每天受限於大環境之中，心中天真的那個我始終想掙脫突破，想跨越廣闊的海港和峻嶺，從另一端重新出發將城中的病痛從根拔起。我在踏出的每一步中去尋覓去探索，始終在找一個可以讓我戰鬥的位置。無論我走到何地，仍然會想著如何為身邊的每一位，去保存我們「咁好嘅香港地」。

本書寫到此處，我們談了許多我的病人們的故事。不過即使我們常說醫院是社會的縮影，事實上我的人生也不只有醫院內的工作。而工作以外的某些故事，亦影響我作為一個人如何看待疾病或醫生身份。最後，容許我多分享兩個故事，關於我的朋友和我、關於醫生我們本身作為人的存在。

病床旁的W X Y Z

不能不能和不能

這一天，我也成為了病人。

這天早上叫醒我的不是鬧鐘，而是劇痛的左眼，是幾個月前在運動比賽中角膜破損的左眼，是又再突然無故復發的舊患。我吞下無用的兩粒必理痛，在左眼上貼上紗布，直奔急症室，等待眼科同事。

等候的同時，左眼繼續刺痛著——如微藍的爐火，沒有驚天動地，卻炙熱無比，一直燒進腦內；如巨人的腳步，沒有天崩地裂，卻沉重非常，一直壓入顱中。我還未軟弱至崩潰，但神經反射叫我的左眼一直落下淚水，兵分兩路，從紗布底下滑落，又隨鼻淚管泛濫至鼻腔，卻也無助撲滅如火的赤痛。我帶著朦朧的視覺，看不清也不想看手機的屏幕，只能默默感受著種種不能，不能開刀、不能睇症、不能巡房、不能工作、不能寫作、不能玩樂，唯一做到的只有霸佔著一個屁股大小的膠櫈，等待醫生、等待復原、等待等待的完結。

平時的我把每天都活到最盡，要工作的日子中，朝七晚七在醫院中沒有半分鐘休止的空間，然後還有好一些日子，放工後匆匆吞進晚飯後，就坐在電腦前，催迫自己在兩小時內寫好今日要寫的文章，趕在晚上九時半前在 Instagram 的流量高峰之時發文。到了假日我也停不下來，總是想著假日既然難能可貴，就不能坐在家中無所事事，我總要找好幾件事把日子填滿，去看一齣電影、去逛一個展覽、拾起結他練好一首歌、穿上跑鞋從天后跑到西環，才好向自己證明今天沒有白活。現在的我，當了病人不過大半天，被困在身體中的靈魂已經躁動不已，已經在心中想著，我覺得自己弱得像個廢人。

在胡思亂想之中，我終於等到Y醫生叫我進入診症室。

「喂H醫生，你點呀今日。Sorry 呀今日好多症要你等咁耐。」Y醫生，是我在醫學院的同窗，也是我實習期間的同事，今日則是我的主診醫生，更是我在劇痛之中的救命稻草。

「唔緊要呀，多謝你就真啦大佬。我乜都冇做呀，一瞓醒就好——痛，就知瀨嘢。」

我一手遮著怕光的左眼，在眼科檢查儀器前坐下。

在時白時藍的光束掃過我瞳孔的同時，Y醫生告訴著我：「係呀，真係復發咗呀，要好似上一次咁，再幫你刮走啲損咗嘅組織呀。」

「都無得揀㗎啦，信你㗎啦。但係可唔可以滴多啲局部麻醉先，真係好——痛。」

在麻醉藥的安撫下，我聽住Y醫生數說著，如果下一次再復發，可能就要考慮正式以手術方法修補破損的角膜，以減低復發機率。然後在回家的路上，我用一隻右眼在醫學資料庫上再研讀著我從未了解的眼科知識。我在想像著，如果哪天我真的要接受眼科手術治理，不知要請假多久我才能再執手術刀，一想到要和老細開口說這件事，我這個小薯受訓醫生，內心已經心虛膽怯。然後我又讀著手術的問題後遺症，在 WhatsApp 上再問Y醫生：

「喂，做完睇嘢係咪真係會矇咗㗎？」

「係有可能有呢個 risk 㗎，不過機會唔係好大嘅。」Y 醫生的回答，也是我每一天在和病人說的話。

「喂唔得喎，你知我仲要揸刀搵食㗎嘛，唔可以矇咗㗎喎。」

然後，我又再開始憑空想像著傷病帶給我的，或者可能會帶給我的，種種不能不能，和不能。然後，大抵是麻醉藥的效力開始散去吧，左眼的疼痛從沉睡中甦醒，一滴兩滴的淚水，又再從鼻樑左邊滑落。

我重新記認著，疾病背後的沉重，是我們對生命的掌控與想像。

柏林封鎖的救援

我回想著，行醫這三年來，我也沒有請過太多的病假，都總是一天起兩天止，除了 COVID 的那七天，在「第五波疫情」的那個冬天。

我是內科的實習醫生，每天徘徊在隔離病房和普通病房之間。不過所謂「隔離病房」或者「隔離病格」，許多都是臨時改建重組的。在那幾塊藍色圍牌外面放一櫃的個人保護裝備，讓醫生們在出入前都先換上／換去全副武裝，就是「隔離」了。我懷疑在每日忙得不可開交的工作之中，可能有一整個小時，都是在「著衫、換 Mask、戴 face shield、洗手」。於是，漸漸我們開始放棄，在全副武裝走入戰區的三分鐘後，發現拿少了一支抽血筒，我們也沒有戰意再換衫出去、再換衫回來。

「喂，呀 K，不如你掟支紅色樽入嚟呀！」

在抽血樽騰空躍過藍色圍牌上空的一剎，它就從歲月靜好的 Clean Zone，搖身一變成為我們 Dirty team 的戰鬥成員之一。當我從地上拾起抽血樽時，我頓覺自己原來是被蘇聯共軍封鎖的西柏林居民，拾著自由世界空投而來的救援糧草，我們才可以捱過這場未知將要持續多久的消耗戰。我想喔，這群實習醫生應該是被迫得快瘋了，才會想出這種帶點可笑的小捷徑去節省五分鐘的時間，於是我面對著荒謬日常笑了一下，記著在種種疲憊之中，可靠著同袍之間的空投和援手。

因此，我們誰都不想做那個「中獎」的人。不是出於對病情的恐懼，而是拋下各位戰友，獨自離隊七天，總會有點愧疚。不過，在疫情最猖獗之時「中獎」，人人有份，永不落空。

然後，我迎來我的那七天，咳到甩肺的那七天。我躺平在床上，用員工平板電腦讀著自己的「深喉唾液」化驗報告，CT Value 14，這些曾經如此熟識的詞彙，告訴著我體內的病毒濃度，「哇，CT value 咁低，咁 Q 多病毒，唔怪之得我燒到溫溫沌沌啦」。在反覆高燒之中，我獨個自我隔離著，不想將病毒傳到家中年老的雙親。

我已經是一個不能和同事一齊於前線作戰的廢人，但我就更不能為更多身邊人添麻煩吧，我如此想著。

然後我收到W醫生的一個短訊：「want some foodpanda? Xd」

他應該是剛剛完成一天的抽血、打豆、著衫、除衫吧。一個小時後，W醫生將「招牌古早滷肉肉燥丼」，連同兩大支一公升支裝水，放在我的門前然後離開。我吃著這碗救援物資，又再包住一舊一舊的雲吞，然後傳一個短訊給同事們，這幾天不能繼續工作，要大家再燃燒勞力填滿我的空缺，我真的很抱歉，我很快就會歸隊。

接著幾天，我就是吃著一碗碗朋友投餵的米線或菜飯，過著吃飽就睡、睡飽就吃的生活。然後每到夜晚，我卻總是睡不著。某一夜，我在微燒之中在 YouTube 聽著這個〈無睡意 Love Live〉深夜音樂直播，聽著這一首歌叫〈Little People〉：「We are just little, little people」

「患難裡 渺小到 默默背誦愛的深奧」

「來相信它來優美的腐爛」

疫情之中，我們渺小而軟弱，但失眠之中，我卻記得和看得見更多的愛，讓我們一一捱過患難。在喝光不知第幾支一公升裝蒸餾水後，我總算捱到第七天，我再次為自己撩鼻，我只是輕輕的掃著，祈禱著這次會是「一條線」。

二十分鐘後，我和朋友同事們宣佈，我明天就會復工了，和大家一同再玩這個瘋狂著衫除衫的遊戲了。那是我人生中，最想返工的一天。在寫著之時，在回想之時，我重新記認著，原來疾病再沉重，只要身邊的人陪你雙手撐起，也就不過是一段成長的回憶。

Y也好，W也好，未來的X或Z也好，我會永遠記住與感謝陪伴我生老病死的每一位。

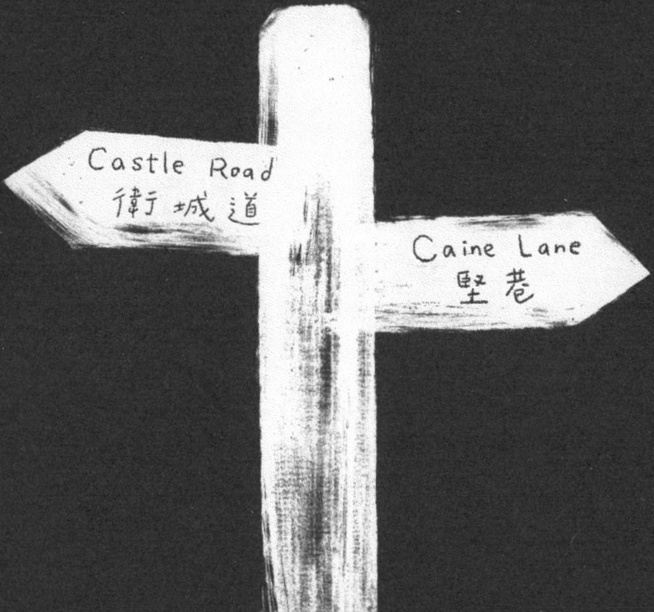
Castle Road
衛城道
Caine Lane
堅巷

從衛城道走到堅巷

天空之城

我寫了一整本的書，去寫我對自己作為一個醫生的想像或期望。來到最後一章，請容我誠實地補充一個必要的背景資訊——其實做醫生從來不是我心中的志願。或者就讓我寫下，我是如何變成大家眼中的這位「H醫生」。

每年公開試放榜之日，我們都會見到好幾位狀元，說著他們懸壺濟世的宏願，背後也許有一個體弱多病的童年、甚至至親離世的往事。的確，童年和成長時期的感受和經歷往往建構出我們對自己未來的想像，形成一個夢想、一份志業。那麼，讓我回到我的童年時，拾回引領我向前走的種種回憶吧。

和好些來自小康之家甚或醫學世家的同學不同，我出身於一個平凡基層家庭，家父日以繼夜的體力勞動養活我們三兄弟姐妹，家母則作為家庭主婦照顧我們。我們擁有的不太多，我將永遠記得，小時候的我，一碗白飯配兩條「廚師牌」雞肉腸已經是令我很滿足的晚餐。而也如許多華人／香港家庭一樣，望子成龍的父母與不太乖巧的男孩之間，總少不免一些打打罵罵。那時，我沒有自己的房間，只能睡在父母旁邊。於是，在與父母爭執過後淚流滿面的那些晚上，我總是捲著身體，躲在大廳窗台上的雜物堆中。那時候我看著夜空的廣闊和月色的皎潔，想像著在細小的家之外，世界可能有更多的美麗。

某一夜，我拿著水筆，在窗台邊牆我所能碰到的最高處，歪歪斜斜寫上「天空之城」四隻字。天空之上，或許有一種美麗，讓孩子不用再在爭吵或高壓中落淚，我相信銀河的壯麗，可以容納我和其他孩子所有的孤獨。如此之中，我慢慢愛上天文，也慢慢渴望追求宇宙的奧秘，也慢慢愛上科學。

又一個淚流滿面的晚上

然而，在追逐科學的路上，我還未找到溶化所有哀傷的星河，卻先因為這種熱愛而要面對更大的掙扎。

我聽了三百句話，告訴我香港地不是做科研或學術的地方，注定乞食。我聽了五百句話，告訴我有這麼好的成績不可能不去讀醫或法律或環球金融。我聽了一千句話，告訴十七歲的我不能如此天真如此傻，要為自己和家人的未來打算。因此，我和家人爭執了二千句。

我不是不知道醫生在香港有穩妥的經濟保障，也可以分擔家中的壓力；我也不是不知道，醫生是一份有意義的職業。不過我就是沒有親身經過那些「體弱多病、至親離世」的啟發，而年少輕狂的我，當時始終認為，當一個醫生，我的知識追求，我雙手所能觸及，就永遠局限在這個最多不過二百厘米的人體內；但在自然科學的世界，我可以擁有從宇宙大爆炸起始到永遠的未來中的所有，大至無數宇宙，小至量子力學的種種糾纏，我都可以去追求。那時我認識中的醫生主要就是樓下的屋邨醫生，我不甘心，派著感冒藥和病假紙，收著四百元診金，這樣去過一生。

家人也不是不知道我所想的這一切，但孩子，現實還是現實呀，「讀得咁好唔可以嘥晒咗佢」。原來，就是因為我努力取得的好成績，反而成為了我的枷鎖，反而必要選「傳統神科」不可。年少的我第一次發現，原來世界可以如此諷刺地懲罰努力的人。

有一夜，我和父母吵得特別兇。而我將永遠記得那個淚流滿面的男孩，坐在家中梳化上，隔著淚光折射，凝視著眼前的世界。他想向所有人質問，為何世界不容許一個男孩自主自己的人生路向，為何我們的命運必須要服從於某種不可抗力，可惜周遭無人答話。

早已跨過的關口

一個少年所擁有的，除了家和家人外其實也不太多。我因此不想與堅決的父母反面，但也不願放棄。於是，我一句話也不再說，但還是偷偷地在準備堅持追夢的路。不過父母說的也不全然沒有道理，十七歲的我也知道，在香港做科研或許真的不是最好的選擇。於是，我偷偷報考了 IELTS，偷偷計劃著海外升學的可能性。我眼前兩條路：留在香港接受現實做一個醫生，或是在將夢想寄託到飛往海外的我。

然後，我填好了劍橋大學申請表格上每一欄。我寫好選報「自然科學系」的個人自述後，我望著這篇千字文，看得見每一個字詞，都剛好對應著銀河之中某顆恆星的照耀與祝福。人縱使命若星塵，但只要向著夜空伸出雙手，總可以與宇宙中的永恆真理接近一點，我是如此想著。

同時我亦知道，如果我要如此奔向滿天星宿，就代表我要與我的家離別。

我這次想說的家，不是我們一家五口這個家，而是沙田的河畔、荃灣的海濱、旺角的牛雜、深水埗的魚蛋、銅鑼灣的叮叮、中環的小輪、長洲的日出、和梅窩的日落。而當我們談到這個家，就又會想起，生於一九九七的我們，總是相信我們的命運離不開這個城市的一切，而我們的成長也伴隨這城市的一切變化。二零一二那個暑假，準備升上高中的我，聽著鬧哄哄的新聞，看著地鐵上比我更年輕的小學生，開始想著我們的未來，開始想著我想要保護的人和事。二零一四那個夏末，我們已是學校內最大的那一群，我們想要和師弟師妹，一同去尋我們所想像的烏托邦。幸或不幸，我們就是生於這時局下的一代，而種種的家變，教我們學會珍惜。

而來到這個二零一四的夏末，離我升讀大學之時不足一年，我已經不能再拖，要決定去或留了。

我望著滿天的煙霧和滿城的人，然後我想，我不能離開，我想繼續和這些人在一起、我想繼續留在這屬於我的家。我頓然發現，原來滿天的星宿再美麗動人，我也始終眷戀俗套的萬家燈火；原來城內的時局再混沌紛亂，我也始終甘願赤足踏進這團漩渦。我對於此城此地的感情超出個人志業的追求，又或者我心中真正的畢生志業，是想為我身處的這個家、為我身邊的兄弟姐妹，創造一個更好的未來。不懂我的朋友，總是笑我怯懦，不敢走出去大世界闖闖。我卻總是想，我只是一個不太貪心的小孩，可以繼續珍惜和鍾愛我眼前與身邊的一切，我已經很滿足了。

畢竟，一個少年所擁有的，除了家和家人以外其實也不太多。

然後我關上報讀劍橋的視窗，再也沒有打開，一次也沒有。

然後我入讀了港大醫學院。

這些年來，許多人都在苦苦思索：「走唔走呀？點解唔走？」我卻幸運地免於這些苦惱，因為掙扎在去或留之間，這個困難的關口，十年前那個十七歲的我已經為我跨過了。

成人禮

接近一年後，在醫學院一年班開課前的暑假中，我迎接了我的十八歲生日。我從小便喜歡偶爾在城中某處亂走，沒有目的地沒有指南針沒有地圖，帶著半點闖蕩者的眼光，期待著命運或這個城市贈予我哪種際遇或驚喜。成為「大人」的第一天，我亦如此從上環拾級而上。

這個城市決定讓我走到衛城道上的孫中山紀念館。紀念館藏身於甘棠第這座古蹟之中。「甘棠第」，我想著這個文縐縐的中文名字，觀察著它內在愛德華式的西洋古典建築風，感受香港這個獨特城市正在我面前呼吸著的存在。然後我讀過孫文的醫科考試答卷，又讀著《臨時大總統孫文宣言書》：「十餘年來從事於革命者，皆以誠摯純潔之精神戰勝所遇之艱難。即使後此之艱難遠逾於前日，而吾人惟保此革命之精神，一往而莫之能阻。」然後，我帶著某種跨越時空的想像離開。

這個城市決定讓我走到堅巷上的醫學博物館，同樣的英國愛德華式建築，這次在屋頂上蓋上了中式簷瓦。我踏進館內，暫時忘記孫文和他的三民主義。在博物館中，我讀著，香港醫學史如何隨著殺人無數的鼠疫開始它的序章，就在我們身邊的上環太平山道上。然後我讀著祖師爺們於西醫學院啟航時所宣揚過的宏願——創院院長孟生醫生說：「香港永遠會是一個重商的城市，但若能成為科學與文化的中心，香港會更顯榮光。」然後是第一屆畢業生孫中山的致辭：「在這巨大帝國門外，科學正在叩門……（科學）堅定不移，因為確信能為人們帶來健康，幸福和舒適。」然後，我接下某份跨越時空的使命離開。

在十八歲的第一天，讓我從衛城道走到堅巷，是香港為我安排的成人禮，我始終如此相信著。

結語——所有苦痛都終將變得澄明

二零二五年五月三日

這是一本關於掙扎的書。

在這十三個病人、醫生和我的故事中，你或者可以看見迷茫、恐懼、抑鬱、挫敗。在如此種種掙扎中，我們將痛喚作愛，又將愛喚作痛。最後我們用多久才發覺愛與痛始終相連著，是痛的存在證明了所有的愛，又是愛的存在為一切的痛賦予意義。我們都知道，眼前是一場百年追求，但為著風雨彼岸的這個夙願，宏大而美好，我們在「路漫漫其修遠兮，吾將上下而求索」，提步慢行；我們不急不趕，只要堅定不移。

如果說疾病的痛苦為醫者賦予了存在的意義，那麼活在香港的亂流中亦給予了我作為一個香港人存在的意義。在她和我和我們種種困苦掙扎之中，我的一身血肉之軀，才終於感受到我的生命不再只是浮在半空的星塵碎片。我仍然微小，亦將永遠微小，但當我察覺到，我的身體髮膚，可以與建構並成就我的海港山嶺始終相連，我就可以天真地相信，這城市往日的多舛命途、及未來的每一束光，都讓微小的我都以是無窮壯麗中的一小點。於是，我可以是一隻自豪的螻蟻，在沉積的泥濘上，用細細的步伐留下過淺淺的腳印就夠。

幾年前某個晚上，城內風雨交加，我在恐懼及顫抖之中，給自己寫下一句話：

「所有苦痛都終將變得澄明。」

這是我和我們的掙扎。

在一千零一夜以外——《H醫生香港日記》選錄

在這本書中，我記下這三年來我遇過的病人。這些故事，縱然於我身上刻骨銘心，卻通通都只是這個龐大醫療體系中的一點微塵。雷同情節每日每夜都在各大醫院中上映。因此，這一千零一夜，和其中的種種感悟啟發，都不過一個起點，我必須走得更遠，我可以書寫他們的小故事，但我亦不能停止叩問體系中的大問題。這一點，從我一年半前在網上開設《H醫生香港日記》專頁的第一天起，已是不可遺忘的初衷。在此，讓我在此節錄三篇較早前寫下的文章，請你陪我再走多步，一同探尋香港這座白色巨塔的未來。

「香港公立醫院真係垃圾」

點解公立醫院成日乜都唔幫你做？

點解我哋好似成日聽到：

「我去睇公立呀，乜都唔幫我做！」

「MRI/電腦掃瞄又唔照就話冇事！」

「好彩我去咗睇私家，即刻幫我照！」

「先發現我有個XXX，要盡快開刀幫我做咗渣！」

先講總結重點：當人地有錢賺嘅時候，自然會主動「幫你」做多好多嘢，而呢啲嘢係咪真係值得做、做咗係咪啱好難講。但人，特別係求醫嘅時候，仲係覺得有人「幫我」「做多啲」總係好啲。事實係點，好多時候冇專業知識嘅病人唔會知。我用一個今日係連登討論區，成為「熱門」，幾千個正評嘅故事為例，分享一下醫生嘅睇法。

網友拗柴，係公院急症照咗X光，骨冇事，但仲係痛，公院唔肯照MRI。輾轉病人去咗韓國睇醫生，馬上照MRI，講韌帶斷咗，問佢做乜拖咁耐，馬上同佢安排做手術，求醫過程俾咗四萬蚊港幣。網友得出嘅結論，係：「香港啲醫療真係垃圾」、「好想告個急症醫生誤診」、「無下一步自己檢查 真係會變殘廢」。

好可惜，掃呢位朋友嘅興我都要講：根據醫學證據，佢呢個手術真係唔需要做、甚至唔應該做。

根據呢篇2022年論文[31]，針對呢位網友嘅嚴重拗柴，總結12個不同嘅醫學研究：8個都指出唔做手術比較好，2個結論係做唔做冇大分別。做完手術嘅負面影響仲

31 Altomare, D., et al., *Evidence-based treatment choices for acute lateral ankle sprain: a comprehensive systematic review*. Eur Rev Med Pharmacol Sci, 2022. **26**(6): p. 1876-1884.

包括：關節會緊啲，復原會耐啲，傷及神經線，影響知覺等等。結論：治療首選應該係非手術治療。網友所講嘅，「信公立醫院會變殘廢，好彩韓國私家醫生幫咗我」，好可惜睇嚟就唔成立啦。

你可能覺得我一定幫住曬自己公立醫院醫生，醫醫相衛！唔信嘅話，我攞多兩篇研究整合出嚟，一樣強調拗柴，即使係呢位網友呢種，Grade Ⅲ 韌帶完全斷裂，一樣唔建議開刀做手術。[32][33] 如果網友真係要告公院醫生誤診爭啲害佢殘廢，好可能唔成功啦，佢飛去韓國俾四萬蚊做呢個手術，好可能本身可以慳返。

頭盔：當然我唔係親眼見過呢位網友/病人，無辦法 100% 確保佢身上做手術一定唔係好啲。

至少，公立醫生嘅治療，確實按醫學需要做嘢，唔係一律因為病人「想要」咩，就顧客至上，咩都做、咩都照、咩都開刀。係有限資源之下做到合理嘅安全可靠，唔見得會害到人變殘廢。

雖然我都成日講笑，話公院資源係第三世界國家，但係我可以拍心口同你講，公立醫院嘅醫生，唔係為咗賺你錢所以叫你做乜/唔做乜，係真心睇幫唔幫到你。呢一點好多人唔為意，但行醫經歷話我知，呢點先係最可貴。

出呢個 Post 之前，我都有一秒卻步，呢啲真嘢，我係咪真係要攞出嚟講呢？講得白啲，我其實係話緊俾大家知，點解公院「唔幫你做」而私家「幫你做」一件事時，有啲時候，係因為有人俾商業嘅考慮影響咗佢嘅建議。有時候，叫你做一件事，醫院可以賺多幾萬/幾十萬/甚至上百萬，即使件事係唔需要、唔 evidence based，做咗未必幫到你，但佢覺得未必傷害到你，就會建議你做。（當然會咁樣做嘅，係佔少數。）

32 Petersen, W., et al., *Treatment of acute ankle ligament injuries: a systematic review*. Arch Orthop Trauma Surg, 2013. **133**(8): p. 1129-41.

33 Chaudhry, H., N. Simunovic, and B. Petrisor, *Cochrane in CORR ®: surgical versus conservative treatment for acute injuries of the lateral ligament complex of the ankle in adults (review)*. Clin Orthop Relat Res, 2015. **473**(1): p. 17-22.

呢件事我都怕，寫咗出嚟，會唔會有同行前輩唔高興，會唔會影響咗病人同醫生之間嘅互信（而呢點係我最唔想睇到）。但係我都不吐不快，有兩個原因：

一、我哋公立醫生食死貓都死得多啦。

好似今日呢個網友故事咁，可能單聽片面之詞，就真係有幾千個香港市民覺得「公院醫生害死人」，唔再相信我哋，令我哋工作寸步難行。

二、The fact that 我要講呢句令我真心覺得好可惜：我見過嘅一啲醫生嘅行為，令到我知道我以上講嘅係事實。病人俾多咗錢事少，因為一啲唔啱嘅決定影響健康事大。有時見到真係好好戥佢唔抵，好睇唔過眼。

最後我同自己講，我相信有良心嘅醫護都明我講緊咩，有良心嘅醫護行得正企得正，都應該唔怕真嘢攞出嚟講有啲行內唔好嘅 Practice，亦都無謂收收埋埋，咁就真係醫醫相衛。

必須強調，我唔係想講公院醫生好啲、定私家醫生好啲。只係現時公眾嘅觀感非常傾側，公院就係乜都唔做害死人，私家乜都做就係「幫緊你」。事實係，公院醫生會因為資源短缺做得未夠完美，但我哋會唔 offer 一樣嘢，好多時候係真係冇需要。當有需要又做唔嚟，好似電腦掃瞄咁，我都會轉介你出去照，手術期等太耐我都歡迎你出私家做。而私家市場中樹大有枯枝，但都係少數，整體嘅醫療服務水平都係世界一流。

所以請你哋，信多少少我哋香港醫生，醫患之間真係要存有互信，成個醫療過程先可以行落去。

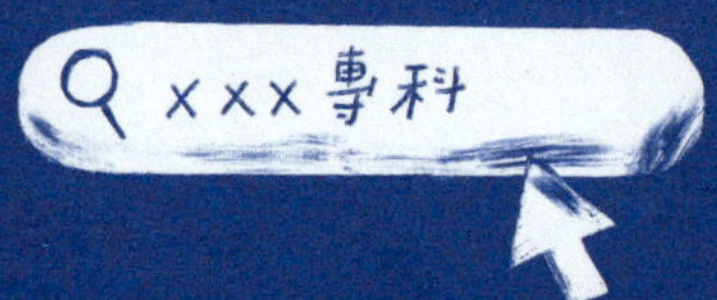
Google
xxx專科

唔好再 Google XXX 應該睇邊個專科？

話你知：咩係「專科」、「基層醫療」、「家庭醫生」

親朋戚友，以至部份網友好鐘意問：「我有咩咩唔舒服／呢啲摸到舊嘢，應該睇咩專科呀？」每次聽到呢個問題我都好唔舒服，因為我知道佢正正反映香港人係冇「基層醫療」嘅概念，而呢個問題亦引致香港醫療制度好多資源錯配。所以今日，想講下同推廣下咩係基層醫療，希望大家唔好嫌悶同無聊。

香港人好迷信「專科醫生」呢四隻字。

彷彿睇病一定要盡快搵啱嗰個病嘅專科醫生去睇，全科醫生只係用攞嚟開病假紙同轉介信，睇嚟都係嘥時間。

呢個諗法超錯。

知唔知醫學中有幾多唔同專科？

你可能數得出內科外科骨科兒科精神科，事實上，以香港嘅分法為例，醫學中有65個專科。因為現代醫學知識嘅複雜程度真係遠遠超於外人想像。就算一個醫生讀咗十幾年書，成為到一個專科醫生，佢所識嘅，都可能只係呢65科嘅其中之一。

坦白講，作為一個專科Trainee，即使我有個內外全科醫學士嘅學位，但經過幾年專科訓練，對於我自己專科以外嘅知識，我已經唔記得七七八八。我諗大部份同行都係如此。因為有時我哋睇到其他專科醫生寄過嘅consult（問功課），都會又嬲又笑，覺得對方竟然可以連（我哋覺得）咁基本嘅嘢都唔記得唔識。呢個係醫學愈發複雜、愈發subspecialize之下必然嘅結果。

一個專科醫生識嘅真係好少好少。如果你個病撞唔正佢嘅專科，搵佢完全係嘥大家時間。

「咁所以我咪更加要揀啱搵啱專科睇囉！」

「咁所以我個肚呢到痛要睇邊科啫！」

呢個時候，好多香港人會走去 Google「右下腹痛」，然後見 Google 話可能係結腸癌危急訊號（！），然後馬上走入街症全科醫生診所，乜都唔使講，二話不說叫佢寫封轉介信俾結腸外科。又或者咁啱睇腦外科覆診時，叫佢寫轉介信。結果，只係收到一個五年後嘅診期，之後五年一直痛、一直等，然後哭訴點解香港醫院咁垃圾。

呢啲悲劇就源於香港缺乏咗基層醫療 (Primary Care)

基層醫療，就係有一個全科醫生，由佢嘅專業知識，去為你嘅每一個健康問題作初步診斷甚或治療，真係有需要先轉介你去其他專科醫生。

咁樣先係一個好嘅醫療模式。

就以剛才嘅右下腹痛為例，最少有十七種可能病因。作為一個冇醫學知識嘅市民，如果單憑 Google 或者睇三姑六婆講，就要人轉介你睇「結腸外科」專科醫生。如果你其實係卵巢癌、尿道結石、大動脈瘤、腰肌膿瘍。咁你就浪費咗五年時間，然後睇一個專科醫生，而佢對你真正嘅病一竅不通，完全唔熟唔識相應嘅病徵，絕對係延遲治療。咁點算好？呢到提過嘅五個病，其實係五個唔同專科所管。

病人需要嘅，係一個具備對於內外全科都有基本知識、經驗知識唔局限於一個專科嘅基層醫療醫生，去為你分析所有可能性，有需要先搵其他專科。基層醫療呢個篩查過程絕對係一門高深學問，絕對唔係你自己/Google/其他專科醫生可以做得好。

行內有句話：「派信，要派得啱都好難。」

因此，醫學界好努力發展緊「家庭醫學」呢個專科。好多家庭醫學專科醫生都係街邊開街症，或者係普通科門診工作，同冇專科牌嘅普通科醫生睇落冇分別。你可能以為佢哋唔係專科醫生，冇受過專科培訓同考試冇咁叻，你亦都唔信佢有能力為你做初步診斷／治理，所以你淨係期望佢寫封轉介信俾你，唔好嘥你時間，亦唔俾機會佢幫你安排檢查同治療。

事實上，「家庭醫學」呢個專科，就係培訓一班優秀專業嘅基層醫療專才。對於每一個範疇，佢哋或者唔係了解得最深入。但事實係，多數病人都唔係患咩奇難雜症、唔需要咁高深嘅專科介入。家庭醫學醫生，佢哋嘅優勢在於提供一站式醫療，所有 symptoms，佢哋都識 approach。佢哋亦不斷進步中，例如有啲政府普通科診所會做簡單小手術、冷凍療法、類固醇關節注射。簡單嘅病，佢哋可以最快幫你醫到。複雜嘅症，可以轉介啱專科，其他專科有佢哋幫手做咗一批檢查，亦都更心中有數要醫啲咩，排期俾你都排快啲。

咁點解家庭醫生叫「家庭」醫生？

因為要做一個好嘅基層醫療，處理好你全身全心每一個新嘅 symptoms/complaints，佢唔單止要識廣闊嘅醫學知識，更加要成為一個家人一般嘅伙伴，好了解你個人嘅所有病歷、以致有可能影響你健康嘅所有其他因素，咁樣佢嘅斷症先唔會遺漏任何問題性。

呢個固然係一個好理想甚至夢幻嘅願境。

但要做到呢一個目標，係一個多方面都要一齊努力，去改變而家香港嘅求醫文化同風氣。病人要揀一個基層醫療醫生，然後願意相信佢，比機會佢去處理自己每一個健康問題，而唔只係「三百蚊攞幾日藥、一封轉介信」。基層醫療醫生要不懈求進步，勇於承擔更多責任，係寫轉介信之前行多幾步。甚至其他專科都要相信家庭醫生更多，將更多相當簡單問題下放返俾家庭醫生。

呢個求醫模式嘅轉型必然會面對陣痛同挑戰。可能你冇咁快搵到一個真係咁叻、又同你夾得嚟嘅家庭醫生。可能你會唔習慣，一個有質素嘅家庭醫生/基層醫療醫生，但嘅收費唔再係$350，可能要收貴啲，接近返其他專科醫生。

但長遠嚟講，完善嘅基層醫療制度，可以確保咗醫療資源唔會錯配。

唔好再話高血壓要睇心臟專科、腰骨痛要睇骨科、耳水不平衡要睇耳鼻喉、前列腺腫大要睇泌尿科。好多時候，真係唔需要。簡單嘅症俾返基層醫療快靚正搞掂，比其他專科專注處理真正需要佢哋嘅奇難雜症，盡可能減少資源錯配，就係香港呢個岌岌可危嘅醫療制度中，最重要嘅標靶藥。

點樣開始搵到一個好嘅啱自己嘅家庭醫生呢？

當然可以靠口碑靠聽親友介紹人上網或者係街留意下有咩家庭醫學專科醫生。我亦都嘗試係到分享下政府／當局而家推動緊嘅計劃俾大家參考。

當局有個叫「基層醫療指南」嘅網上系統，「如承諾提供可直接獲得、全面、持續和協調並且以人為本的基層醫療服務，便符合加入《指南》的資格」，比你用佢個search engine google，當中可以剔選擇搜索家庭醫學專科醫生，然後按地區或者所提供服務等篩選條件幫你揀。不過佢又係奇怪嘅……話推動基層醫療，但又俾人揀返其他專科例如泌尿婦科、核子醫學……算……政府系統我哋參考下算。

係到祝各位，同你哋嘅家庭，都可以搵到一個長期幫到你嘅家庭醫生，提供到呢個夢想中嘅「全面、以人為本、持續、預防性及協調的護理」。

最後，又係到偷偷出賣一個朋友。我有一個朋友，佢一畢業就決定揀咗家庭醫學培訓，我問佢點解咁揀，佢淨係答咗一句「我唔想見到佢哋入院」。我相信，仲有好多同我朋友一樣咁有心嘅醫生，等緊成為你哋健康路上嘅好朋友、好家人。

0300
分
秒

對唔住，我都唔想三分鐘睇一個病人。

喺 HA 做醫生，聽過病人講過最令我唔開心嘅說話，唔係「我要投訴你」、而係病人同我講「等就三個鐘、睇就睇得三分鐘」。

對唔住，令到你覺得好似得唔到應有嘅醫療照顧。不過事實上，我都好憎衝症、好憎要三分鐘趕病人出去、好好好憎一個朝早要睇廿幾三十個病人。千祈唔好以為我哋三分鐘見完你係「hea 睇」係偷懶，其實衝症係一件好辛苦嘅事，三分鐘睇一個先最辛苦——等我解釋一下。

每一節門診會預約咗一定數量病人有一定數量醫生，例如四個醫生、一百個病人，總之你哋清曬佢先好走。我哋可以做耐啲唔食 lunch，可以遲收工，但其他現實條件會迫我哋喺個時間內要清曬佢。可能係晏晝要交場俾另一個部門、晏晝我哋要開會要做手術、夜晚其他服務例如抽血 X 光會收工，或者就算我哋肯遲放工，都無理由迫全部護士、文具、助理、清潔一齊遲兩個鐘完工，又或者我哋肯睇到夜晚八點，病人等到八點都會鼓燥投訴。所以症就係咁多，我哋幾個醫生就係有責任準時清曬佢。

咁如果我每個症用十幾分鐘慢慢睇、好好同病人傾計咁會點？

坦白講我自己會輕鬆好多，慢慢睇慢慢諗唔使咁大壓力迫得自己咁緊綳，唔使驚會易啲做漏做錯。但係慢慢堆積如山嘅排板、水洩不通嘅等候大堂、話要投訴嘅病人，就會形成所有同事嘅壓力。我睇得慢，講得白啲，就係 free ride 緊我其他同事，迫佢哋睇得再快啲，再唔係就會變成一齊攬炒，等到最後一個鐘，每人見到仲有十個牌板係枱面，先嚟一齊狂衝。

所以，如果我用三分鐘睇完你，好多時候我唔係想懶，而係我燃燒緊自己嘅小宇宙，去追返緊個門診嘅進度，去幫輕一下同事嘅壓力。你千祈唔好以為係我懶，我懶嘅話，我大可以慢慢睇，等其他人幫我睇多啲。

「三分鐘睇一個症」一啲都唔輕鬆過癮，做漏睇漏任何一樣嘢，一樣小則被上司鬧大則俾人投訴俾人告。呢種壓力永遠唔會消失，只會衝得愈快愈大壓力。

等我分享一下「我的衝症日常」——

其實我見你三分鐘，前前後後都有工作要做。

係嗌你入嚟之前，先要讀曬你嘅病歷背景。人口老化之下，好多病人都有過五六七個重要病歷食緊四五六隻藥做過兩三次手術，我要用一分鐘去理解你嘅前世今生。如果我係一個盡責嘅醫生，仲會用多一分鐘，以摩打手嘅速度去整合更正你嘅病歷史，等下一個見你嘅醫生唔使睇得我咁辛苦。然後再用三十秒去掃視一眼你今日抽嘅血報告，用十秒去理解當中任何異樣同決定下一步點做。

呢個時候，我就可以撳掣請你入嚟。

因為我知道由我撳掣、到廣播、到你起身行入嚟、閂門，有一分鐘嘅時間——呢一分鐘時間，啱啱好夠我睇完你上星期照嘅電腦掃瞄報告。

我請你坐低，介紹自己，對你身份證號碼，我知道呢到會用我三十秒。

而呢三十秒，我把口講嘢嘅同時，我隻手就碌緊個掃瞄影像，隻眼碌咗幾碌確認完影像，而我同意放射科醫生嘅報告講法。

我知道好多病人覺得我哋醫生冇花好多時間問症問病徵、做身體檢查。但坦白講，現代西醫愈嚟愈倚重客觀化驗、影像。所以即使未開始「睇你」，我哋都大約心中有數，我要做啲乜。接下來嘅三分鐘，我一輪嘴搬出我想同你解釋嘅我嘅方案，同時祈求上天你同我講嘅嘢同我想聽嘅一樣，等我可以準時係三分鐘內完成呢一個回合。

假設一切順利，冇大問題，三分鐘後請你出去我依然要用多一分鐘整理診症紀錄，確保冇寫漏我想護士跟進嘅嘢，再同你係電腦 book 你之後要嘅檢查。

即使你覺得我用得三分鐘睇你，我其實係挑戰緊用前後八分鐘去理解你嘅前世今生，然後點幫你嘅未來。

我成日都想同病人講，如果我用三分鐘睇你，你應該開心。我用三分鐘，係因為我根據知識同經驗判斷，相對地放心你冇嘢，如果唔係，做漏嘢睇漏嘢，俾人告嘅都係我。

另一個原因要我衝十個三分鐘嘅症，係為咗我可以好好咁睇嗰一個廿分鐘嘅症。信我，你唔想自己係嗰個俾我留廿分鐘俾你嘅病人。我永遠唔會知我下一個排板開出嚟，會唔會係大鑊嘢。可能我衝咗幾個冇事嘅長期覆診，下一個病人，一開出嚟，掃瞄就話我知確診癌症，需要盡快開刀做手術。

呢啲時候，我就知道，我要慢返少少落嚟 —— 我自己仍然有嘅最少堅持係，就算再忙再趕都好，同一個病人 break bad news 話你知你生 cancer，我點都會拖慢少少嚟講，「今日返嚟睇報告，都想你哋有個心理準備，唔係一個咁好嘅消息。你哋睇下呢度有個陰影……」或者都唔係最理想嘅詳細程度，或者我冇得揀可能同你傾一個鐘都唔過份。但係公立醫院嘅框架下，相信我，你有需要嘅話，我始終會擺多少少時間落嚟。

只係，我希望你唔需要。

分享以上呢啲，我唔係想為自己搵藉口，我知咁樣睇症係會 miss 嘢係會打錯嘢，我知病人依然想得到更多應有嘅照顧同關懷。只係，醫患關係係好重要，但好多時候病人不滿醫生，可能只係誤會，你唔知道我係見你前後所做嘅事；或者你以為我衝症係 hea，你唔知道我衝症只係因為我冇得揀，唔知道我一慢就累其他醫生，唔知道有啲病人情況更慘需要我留返少少時間俾佢哋。

大家都同一屋簷下，係呢個大家都知道搖搖欲墜嘅公營醫療危樓之中，無論醫生護士病人，都多啲互相了解體諒，針對返制度問題嘅根本，或者就會好少少。

各位病人，委屈咗你，對唔住，我哋會再努力。

——一個公院醫生嘅懺悔

H醫生一千零一夜——

致一切動人的掙扎

THE FIRST DISSECTIONS
/
life of a newborn surgeon

作者	H 醫生（IG：@doctorh.hkdiary）
編輯	岑蘊華
設計與排版	Nasha Chan
插畫	hoohiiim（IG：@hoo_hiiim）
封面書法	Jasmine Chan（IG：@inkintosorrow）
印刷	雅聯印刷有限公司 柴灣利眾街 37 號泗興工業大廈 1, 2, 3, 5, 8 樓全層
版次	2025 年 8 月，第 2 版
ISBN	978-988-70300-4-1
售價	港幣 128 元；台幣 512 元

香港出版及發行：不停機工作室有限公司 / 地址：香港九龍旺角西洋菜南街 228 號唐四樓 / 電話：4658 9022/ 電郵：hans.bookstore@gmail.com/ 台灣代理發行：紅螞蟻圖書有限公司 / 電話：886-2-27953656/ 建議分類：①散文 ②醫療 ③香港

9 789887 030041

．ISBN 978-988-70300-4-1．分類：① 散文 ② 醫療 ③ 香港．售價：港幣128元；台幣512元